KB012262

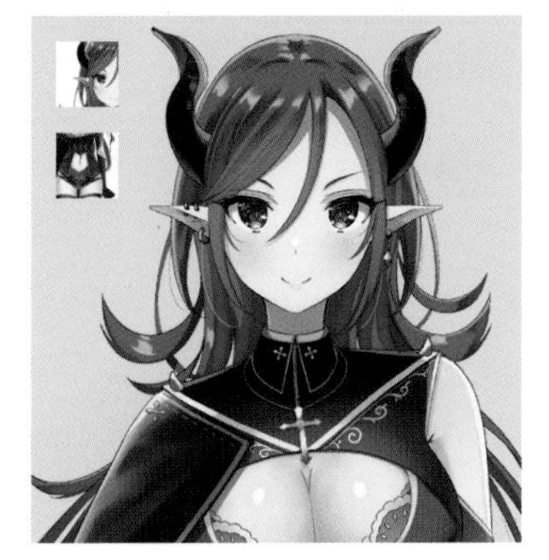

ㅏ사기리 하레루

야호~! 모두의 마음속 태양, 아사기리 하레루가 떠올랐어!"

두를 활짝 웃게 만드는 걸 좋아하는 활력이 치는 여학생. 모든 것에 호기심이 왕성하고 기운 넘친다. 멈출 줄 모르는 기세로 주위 사람들의 상을 아득히 넘어서는 언동도 종종 보여준다.

우츠키 세이

"안녕, 제군! 모두의 세이 님, 등장이다!"

전생에선 남자의 정기를 양식으로 살아가는 서큐버스였지만, 동성인 여자한테만 흥미가 있어서 굶어 죽었다. 환생하고 난 뒤 지금에 이르렀다. 머리의 뿔은 전생의 흔적.

ㅏ미나리 시온

콘미코~! 모두의 마마, 카미나리 시온 이야~!"

홉 개의 꼬리를 가진 무녀이며, 신의 사도로서 람들의 안녕을 지키고 있다. 아홉 개의 복슬복슬 꼬리는 감정에 맞추어 격렬하게 움직이기 때문 그녀의 등 뒤에 설 때는 주의가 필요하다.

히루네 네코마

"냐냐~앙! 고소한 냄새에 이끌려 등장! 히루네 네코마다!"

낮잠을 아주 좋아하는 오드아이 동물 소녀. 그러나 뭔가 먹고 있는 사람이 가까이 있으면 갑자기 일어나 눈빛을 반짝거리며 곁에 다가간다. 뭔가 주면 좋아한다. 안 줘도 쓰다듬어주면 좋아한다.

소우마 아리스

"네! 소우마 아리스, 현 시간부로 등장 했습니다!"

자기 자신의 해방을 테마로 삼은 아이돌 그룹, 레지스탕스의 멤버. 쿨한 외모로 남녀 모두에게 인기가 있지만 알맹이는 허당이라, 멤버들이 이미지를 사수해주느라 고생하고 있다.

라이브온

선택받은 빛나는 소녀들

소식 | 굿즈

가이드라인 | 소속 탤런트 | 회사개요

소노카제 에에라이

"얏호~ 여러분~! 즐거우신가요~ 랍니다~! 에에라이 동물원의 소노카제 에에라이랍니다!"

온갖 동물이 모여 있는 거대 테마파크, 에에리 동물원의 원장을 맡고 있는 엘프. 어째선지 동물에게 절대복종 수준의 존경을 받는 모양이다.

야마타니 카에루

"산을 넘어, 계곡을 건너, 이윽고 돌C 오는 장소. 야마타니 카에루의 방송 잘 오셨어요."

마음씨 착한 사람이 무거운 상처를 입었을 때, 디선가 나타나 치유를 선사하고 바람과 함께 ㅅ 진다는 의문스러우며 신비적인 여성.

로도리 마시로

녕~ 콘마시로~. 이로도리 마시로,
시롱입니다."

림을 그리는 것이 삶의 보람인 일러스트레이터. 금 독설가지만, 사실은 상당히 성격 좋고 상냥한 녀.

코코로네 아와유키

"여러분, 안녕하세요? 오늘도 예쁜 담설이 내리네요. 코코로네 아와유키입니다."

담설(淡雪)이 내리는 날에만 나타나는 미스터리한 미녀. 빨려 들어갈 것 같은 보라색 눈동자의 안쪽에는 과연 무엇이 숨어 있는 것일까…….

츠리야 히카리

피카~! 축제(마츠리)의 빛은 인간
호이호이, 마츠리야 히카리입니다!"

국의 온갖 축제에 출몰하는 축제소녀. 각각 른 지역에서 열리는 두 축제에 완전히 같은 이밍에 출몰했다는 설이 있다.

야나가세 챠미

"여러분을 힐링의 극치로 안내해 줄 야나가세 챠미 누나가 왔어요."

본래 아싸였지만 용기를 내서 인싸로 데뷔했더니 대성공. 그러나 내면은 변함이 없어서 겉모습만 인싸인 아싸가 남았다.

@카미나리 시온
카미나리 시온 오늘 16:48
오늘도 별일 없어?
밥은 잘 먹었고?
생활 리듬은 괜찮아?
전에도 말했지만 수익화 건은 내가 마마로서
전면적으로 협력해 줄 거니까! 그러니까 걱정하지 마
앗, 방송에 대한 것 말고도 무슨 일 있으면
사양하지 말고 말해 줘!
나뿐 아니라, 분명히 다들 도와줄 테니까!
그렇지! 다음에 시간 있으면 수익화 복구 작전회의라도 하자
우츠키 세이 오늘 17:23
걱정해줘서 고마워, 별일 없이 건강해.
수익화도 분명히 조만간 어떻게 될 거야.
16:48
@우츠키 세이
카미나리 시온 오늘 16:48
오늘도 별일 없어?
밥은 잘 먹었고?
생활 리듬은 괜찮아?

Contents

VTuber인데 방송 끄는 걸 깜빡했더니 전설이 되어있었다 [4]

나나토 나나 지음
시오 카즈노코 일러스트
박경용 옮김

하레룽은 은근슬쩍
태클도 거는 게 장난 아님.
방어도 일류인 건 강자의 증거다.

요즘 아와 쨩이 슈와하지 않아도
평범하게 강해서 두려워.

아까부터 배틀이 펼쳐지는 것
같은데ㅋㅋ 스트리머란 대체…….

눈물샘이 붕괴해서 익사했다.

익사 형씨는 얼른 성불하시길.

하레 유키
collaboration
오프 콜라보
#날씨_팀

VTuber인데
방송 끄는 걸 깜빡했더니
전설이 되어있었다 [3]

지금까지의 줄거리

조회수 999,999회 · 2022.01.20.

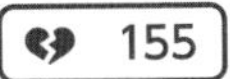

슈와 쨩 클립 ch
구독자 7.5만명

구독중

드디어 동경하는 선배인 **아사기리 하레루**와

라이브 무대에서 콜라보가 결정된 **코코로네 아와유키**.

그러나 진정한 고생길은 이제 시작이었다.

천재로 이름 높은 **아사기리 하레루**와 나란히 서기 위해

아와유키는 **가혹한 시련**에 도전하게 된다. 여기에 **그녀가 걸어온 궤적**을 기록한다.

1. 편의점에 가서 **스○○로**와 **스타킹**을 구매하여 **10만 엔을 입수**하는데 성공한다.

2. 외부 기업으로부터 게임 광고 안건을 의뢰받아

술에 취해서 방송한 끝에 망겜이라고 부르는 기행를 부려서 대성공으로 이끈다.

3. 귀가할 때 **하레루에게 자동차 운전**을 시킨다.

4. 동물원의 원장을 **공포의 밑바닥**으로 끌어내려, **번장으로 각성**시킨다.

5. **양다리**를 걸친다.

6. 개성이 없다고 고민하는 동기를 **보이스 S○X 일루저니스트**로 만들어 해결한다.

7. **불고기**를 먹는다.

이상의 **일곱 가지 시련을 돌파**한 아와유키에겐 이제 두려울 것이 없다.

가슴을 당당히 펴고 **하레루의 라이브**에 출연한 아와유키는

마침내 **동경하는 선배를 신인으로 끌어내리게** 된다.

그리고 **빨간 녀석의 수익화**가 사라졌다.

프롤로그

"스즈키 씨. 세이 님의 수익화가 박탈된 이야기는 알고 있죠?"

"물론 알고 있습니다. 요즘 사무소 안에서도 그 화제로 떠들썩해요."

스즈키 씨와 통화로 회의하는 김에, 나는 얼른 세이 님 이슈에 대해 질문했다.

"어때요? 금방 돌아올 것 같아요?"

"으음~. ……한심한 얘기지만, 현재는 뭐라고 말씀드릴 수가 없어요. 라이브온은 아무리 그래도 요튜브와 깊은 커넥션이 없으니까요. 그렇지만, 가능한 빨리 복구되도록 세이 씨와 협력하면서 대응책을 생각하고 있습니다."

으으음. 대응책을 생각하고 있는 단계인가. 라이브온으로서도 처음 맞는 사태니까 역시 당황하고 있을 것이다.

"특히 세이 씨는 방송 스타일이 과격하니까요. 어떤 부분인가가 요튜브의 규약에 저촉되어 버린 거겠죠. 만약 세이 씨가 뭔가 상담을 바라면, 그때는 부디 지탱해 주세요."

"당연하죠."

"후훗, 멋진 대답이네요. 세이 씨는 참 좋은 동료들을 만났어요. 시온 씨 같은 경우 빨리 해결하겠다고 기합을 무척 넣고 있어요."

"숭고하네요."

"다만…… 아무래도 당사자인 세이 씨하고 온도차가 생긴 모양인 것 같아요."

"온도차? 무슨 뜻인가요?"

내 물음에, 스즈키 씨는 약간 난처한 음색으로 대답해 주었다.

"세이 씨가, 행동파인 시온 씨에게 그다지 찬동하지 않는 것 같아요."

"그래요? 아아~ 그러고 보니, 수익화 막힌 걸 듣고 걱정돼서 제가 전화를 했을 때도 조금 미지근한 반응이었어요."

"물론 수익화가 돌아온다면 그게 베스트라고 하고 있습니다만……. 세이 씨는 그다지 스스로 남에게 의지하는 타입이 아니니까요. 아까도 세이 씨가 모든 라이버에게 전언을 맡겼는데요, 『나에 대해서는 딱히 신경 쓰지 말고 평소처럼 방송해』라고 했습니다."

"아~. ……뭐 그렇게 말을 해도 솔직히 신경은 쓰이는데요. 이런 경우 본인이 그런다면 과하게 간섭하지 않는 게 좋을까요?"

"그렇네요……. 잠시 상태를 보는 게 좋겠어요. 세이 씨를 오래 봐온 담당 매니저는 뭔가 망설이고 있는 것처럼 보인다고도 말을 했으니, 서둘러서 움직이면 오히려 세이 씨가 난처할지도 몰라요."

망설이고 있다……. 언뜻 세이 님답지 않다고 생각하게 되지만, 분명히 그 모습을 보면 그렇게 생각하는 것도 이해가 될 것 같은데.

"다만, 조금 전에도 말한 것처럼 이번 건을 동기의 위기로 받아들인 시온 씨가 어떻게 움직일지 알 수가 없어요……."

걱정스럽게 말하는 스즈키 씨. 그 두 사람은 특히 사이가 좋은 인상이 있으니까, 만약 그렇다면 이번 일로 어긋나는 부분이 있지 않을까 걱정하게 된다.

"저보다 훨씬 두 분을 잘 알고 대응도 능숙한 네코마 씨가 2기생이시니, 일이 커지진 않을 거라 생각합니다만……. 아와유키 씨도 두 분과 사이가 좋죠? 거듭해서 죄송합니다만, 주의 깊게 봐주시면 감사드려요……."

"아, 알았어요!"

"감사합니다. 그러면 저희 일 이야기를 해볼까요."

참 신경 쓰이는 화제지만, 나 자신의 활동은 평소처럼 진행된다. 어떻게든 마음을 전환해서 앞으로의 일에 대한 회의를 시작했다.

제1장

월크 방송 2

"으음……."

스즈키 씨랑 회의를 마친 다음, 나는 또 세이 님이 신경 쓰여 일이 손에 안 잡히는 상태였다.

스스로도 이렇게까지 세이 님이 걱정될 줄은 몰랐는데, 아무리 섹드립 bot이라도, 역시 그녀는 평소에 신세 지는 선배다.

그렇지. 최근이라면 내가 입안한 월크 기획 때도 신세를 졌지.

눈을 감자 당시의 정경이 되살아났다. 그때는 수익화 박탈 같은 건 상상도 못 했는데…….

"여러분, 안녕하세요? 오늘 밤도 예쁜 담설이 내리고 있으니까 스ㅇㅇ로가 아주 짱짱하게 차갑구나! 푸슉! 꿀꺽꿀꺽꿀꺽, 푸하아아아! 이 맛은 그야말로 범죄야! 눈물이 나……. 진심으로 이 한 캔을 위해서라면 전 인류 앞에서 노출광이 되는 것도 가능해!"

: 첫 마디부터 페이크 공격은 그만두시길.

: 드디어 정체를 드러냈군.

: 목소리 텐션이 한순간에 바뀌는 거 개 웃김.

: 범죄인 건 너의 재미다.

: 눈에서 레몬즙을 짜내는 건 그만두시지!

: 이미 전 인류 눈앞에서 마음의 노출광이 됐습니다.

"자자자! 그러면 오늘은 월크 방송을 한드아드아~!"

월크. 정식 명칭 『월드 크래프트』는 유명한 샌드박스 게임이다. 꽤 전에 첫 방송을 한 이후 푹 빠져 버려서, 아직도 자주 플레이 방송을 하고 있다.

현재는 채굴부터 벌채, 모험까지 경험하고 있었다. 그래서 게임의 기본이 되는 재료 등은 어느 정도 풍족한 상태이며, 시작했던 때와 비교해서 상당히 자유롭게 행동할 수가 있었다.

그렇게 됐으니! 이번엔 평범한 플레이와는 다른 걸 해서 이 게임을 즐기고자 한드아!

"오늘 할 것에 대해서 말인데요…… 무려 저 슈와 쨩, 이번에 스스로 콜라보 기획을 짜왔습니다!"

: 오오?!

: 진짜냐? 웬일이래? ¥2,525

: 슈와 쨩, 다른 라이버의 기획에는 자주 참가해도 자기가 기획하는 건 보기 힘들었지.

"흐흥! 나도 라이브온을 견인하는 자로서 자각이 싹터가고 있거든! 리더십을 발휘해본 겁니다!"

기획 입안에 이 게임을 고른 것도, 0에서 생각하는 것보다 이미 월크라는 게임의 틀 안에서 생각하는 게 기획 초심자인 나라도 재미있는 걸 할 수 있겠다고 생각했기 때문이기도 하다.

: 진짜로 요즘 슈와 쨩이 그저 재미있기만 한 존재가 아니게 되서 장난 아니네.

: 아직도 어마어마한 페이스로 시청자가 늘고 있으니까. 옛날처럼 개그 한 방으로 승부한다는 이미지는 이제 없네.

: 기획이라. 월크에서 뭘 하려고?

: 돌격! 옆집의 스○○로밥 같은 거 아냐?

: 돌격! 옆○의 저녁밥(의미심장)도 있을 수 있지.

: 그건 그냥 보쌈이잖아…….

"아이참! 다들 말이 심하잖아~! 아무리 그래도 기획자로서 실패하면 안 되니까 제대로 된 걸 생각해 왔어! 이름하여——【라이브온 건축 배틀! 일급 건축사 슈와 쨩을 쓰러뜨려라!】, 드아~!"

그럼 기획 내용을 설명하지!

이 게임은 갖가지 블록을 이용한 자유로운 건축이 가능하다. 그러나 사람에 따라 만들어지는 건축물에 커다란 퀄리티의 차이가 생겨 버리는 일이 자주 있다. 그것은 어째서일까?

그렇다! 자유로운 건축을 할 수 있기에, 각자의 건축 센스가 충실하게 반영되기 때문이다!

이 게임을 하염없이 파고든 상급자라도, 건축 센스가 빼어난 초심자에게 못 이기는 일이 허다하거든!

그리하여 이번 기획은 나 VS 기획 참가 라이버가 1대1로 만든 건물의 퀄리티를 겨룬다!

그렇지만 그냥 같은 일을 반복하기만 하면 버라이어티가 부족하니까, 대전할 때마다 규칙이나 테마를 정해서 해볼 생각이야.

이 타고난 일급 건축사를 이길 수 있는 라이버가 나타날 것인가?

자, 이상의 설명을 시청자들에게 했는데…….

: 타고난 1급(플래그) 건축사ㅋㅋ

: 미안. 슈와 쨩이 지금까지 월크 방송한 걸 전부 봤는데, 건축 같은 거 했었던가?

: 실례되는 말을. 동굴을 파거나 나무로 허름한 오두막을 만들거나 돌로 장애물을 만들기도 했다.

: 슈와 쨩 혼신의 석조 집을 장애물로 부르진 말아줘.

: 군데군데 허당인 거 정말 웃김ㅋㅋ

: 처음에 설계도를 생각 안 하니까 그렇게 되는 것이야…….

: 라이브온은 건축 잘하는 사람 많으니 결과가 이미 선해.

: 하레룽이 오면 아마 슈와 쨩이 천 명 있어도 못 이길걸?

: 하레룽은 건축 잘해?

: 센스도 스피드도 규모도 괴물급이지. 하지만 건축 중에 자주 불행한 죽음을 맞아 장비를 전부 상실해.

: 자기 로고 마크를 만들고 싶다면서 맵 하나 분량 면적의 땅에서 지상화를 그렸을 때는 좀 쫄았지.

: 슈와 쨩이 천 명 있어도 만들어지는 건 천 개의 장애물 뿐이야.

: 바리케이드냐?

"오~ 오~ 제멋대로 떠드시잖아, 이 자식들아! 오늘이야말로 전력의 슈와 쨩을 보여줄 테니까 각오해라! 엎드려 사죄할 준비를 해둬! 더욱이 말하자면, 이번엔 제약이나 테마도 준비했으니까. 다들 내 앞에 꺄흥 소리도 못 나오게 해주지!"

: 젊음? 젊음이란 무엇이냐? 뒤돌아보지 않는 것이다!!

: 그건 꺄흥이 아니라 갸반[#1]이고.

: 얼마 만에 보는 거냐…….

: 이—! 이—!

: 변태 신사 슈와 쨩이 섹드립을 떠올리는 타임은, 불과 0.05초에 지나지 않는다.

#1 갸반 1980년대 일본의 특촬 드라마 시리즈, 『우주형사 갸반』. 「젊음이란 뒤돌아보지 않는 것이다」란 주제곡 가사의 일부와, 갸반의 변신 장면을 보여주면서 사실은 이 변신이 0.05초 만에 이루어지는 것이란 내레이션으로 유명하다.

"아, 그리고 건축하는 시간이 길어지면 단조로워질 수 있으니까 동시에 카스텔라 답변도 할 거야. 테마의 규모에 따라 다음 날에 발표하는 일도 자주 있을 테니까 잘 부탁해!"

그러면 기획을 열심히 해봅시다!

시청자들도 라이버도 둘 다 즐길 수 있는 기획을 노려보자!

"그러면 준비가 된 것 같으니까 첫 번째 자객 등장이드아! 나를 쓰러뜨릴 센스가 있는 자여…… 나와랏!"

"야호~! 축제(마츠리)의 빛은 인간 호이호이, 마츠리야 히카리입니다~!"

"호이호이에 홀린 듯이 참가하다니, 괜찮겠어? 나는 동기라고 해도 가차 없이 해치우는 인간인데?"

"으으음! 히카리도 이번에는 이기러 왔거든! 슈와 쨩도 각오해둬!"

"히카리 쨩! 지금 그거 좀 더 판타지 작품의 여기사처럼 말해봐!"

"어? 그게, 네놈에겐 절대 안 진다!"

"우호오오오오이기고말겠어어어어!! 그런 말을 들으면 『크, 죽여라[#2]』 해버리고 싶어서 전력을 내게 되잖아아아아아!! 지지 않는 여기사는 기사 자격도 없드아아아아!!"

"슈, 슈와 쨩? 갑자기 왜 그래? 이상한 말을 하네?"

#2 크, 죽여라 창작물에서 여기사가 강적에게 사로잡혔을 때 자주 외치는 대사. 보통 이 장면이 나온 뒤 능욕당하는 케이스가 많다.

"큭죽여! 히카리 쨩의 큭죽여 전개를 보고 싶다! 응?! 하지만 난 히카리 쨩이 행복했으면 좋겠어! 『큭, 이렇게 맛있는 크로켓이라니?!』 같은 전개로 훈훈하게 하는 것도 좋을지도 몰라! 큭죽여는 크로켓이었나?!"

"슈와 쨩? 슈와 쨩~!"

"히카리 쨩! 엉망진창으로 당하는 거랑 크로켓 먹는 것 중에 어느 쪽이 좋아?!"

"무슨 선택이 그래?!"

: ?

: 이건 상당히 취기가 돌았군요. 틀림없어요.

: 히카리 쨩, 엄청 당황했네ㅋㅋㅋ

: 약 좀 더 늘려둘게요~.

: 나는 히카리 쨩이라면 크로켓파야.

"이, 일단 자기소개는 이 정도로 해두고. 이제부터 히카리 쨩과 건축 배틀을 하게 됐으니, 먼저 건축 테마를 발표한드아~!"

"어제 둘이서 생각했지! 이름하여【30분 건축】!"

"룰은 제목 그대로야. 제한 시간 30분의 단시간에 얼마나 건축의 완성도를 높일 수 있는가를 겨루는 거지. 후후훗, 속도도 중요한 이상 나에게도 충분히 승기가 있지 않을까?"

"30분. 그러니까 약 1 다크○울이나 시간이 있는 거잖아! 히카리도 여유로워!"

"히카리 쨩, 새로운 단위를 만드는 건 그만둬. 그런 시간에 그 게임을 클리어하는 건 일부 골수 변태들뿐이라고."

나는 말하면서 세팅을 진행했다.

건축물이 보이지 않도록 서로 거리를 확실하게 벌리고, 탁 트인 평탄한 지형에서 시작한다. 자원에 제한은 없다. 밤이 되면 적이 나타나기 때문에 곧장 잔다. 발표 시점에서 미완성이면 실격. 이상이 기본적인 룰이다.

"좋아. 아와유키, 준비 오케이드아~."

"네에~! 히카리도 오케이야~!"

"그러면 타이머 시작합니다, 하나~둘."

""건축 시작!!""

타이머를 누르는 것과 동시에, 망설이는 시간도 아까우니까 대강 머릿속에 떠오른 완성형의 이미지를 기반으로 블록을 쌓는다.

테마 특성상 카스텔라 답변은 다음 대전부터 해야겠네.

기본적으로 통화는 연결해두고 있지만, 히카리 쨩도 고민하는 소리를 내면서 시행착오를 겪는 것 같으니까 괜히 말을 걸어서 방해하지 않도록 해야겠네.

그러니까, 대략적인 골조는 이거면 되려나~.

근데…… 어라, 벌써 시간이 절반밖에 안 남았잖아! 페이스를 조금 더 올려야겠어. 퀄리티 이전에 완성을 못 하면 죽도 밥도 안 되니까.

히카리 짱도 점점 집중하기 시작했는지, 차츰 고민하는 목소리도 안 들리게 되었다. 마지막에는「그렇구나……」라거나「그렇군……」하고 중얼거리는 소리만 들리고 묵묵히 작업했다.

그리고 타이머가 30분 경과를 고한다. 시간 종료다.

응. 나는 일단 완성했다!

"히카리 짱~! 그러면 나부터 완성품 발표할 테니까 이쪽에 와 줄래~?"

"아, 네~에!"

자, 히카리 짱과 합류하여, 드디어 완성품을 시청자에게 평가받는 시간이다.

"그러면 발표합니다. ……짜잔!"

건물의 전체상이 비치도록 조금 떨어진 위치에서 시선을 돌렸다.

보아라! 내 손으로 세운 예술품을!

모두의 반응은 어떤가—.

: 이 모서리 부분을 완벽한 직각으로 꺾은 샤프한 외양!

: 디자인을 희생하여 주어진 면적을 모두 사용하는 기능미!

: 이것이 나타내는 것은—!

: 두부네.

: 두부로군.

: 잠깐 기다려봐. 꼭대기에 이상한 덤이 붙어 있으니까 히야얏코[#3]야.

이건 글렀네.

“으그극…… 시간, 시간이 조금 더 있었다면……!”

“히카리는 좋다고 생각해! 물건이 잔뜩 들어갈 것 같으니까, 나도 한 채 갖고 싶어!”

“괜찮아, 히카리 쨩. 솔직하게 창고 같다고 말해줘도 돼…….”

크윽, 채팅창의 비참함을 보니 이건 패배 확정이야.

—그렇게 생각하여 풀이 죽어서 히카리 쨩의 완성품이 있는 장소로 이동했는데…….

“어라?”

어째선지 그곳에 건물은 없었다.

조금 블록을 둔 흔적 정도는 남아 있는데, 이건 대체?

“저기, 히카리 쨩? 완성품은 어디에? 앗, 혹시 아무 생각도 안 났던 거야?”

“슈와 쨩. 히카리는, 깨달아 버렸어.”

“응? 뭘?”

“진정한 서바이벌은 이렇게 어설프지 않아.”

#3 히야얏코 차가운 두부 위에 간장, 양념 및 여러 종류의 고명을 올려서 먹는 요리.

“응. 근데 우리는 지금 건축 배틀을 하고 있었을 텐데?”

“진정한 서바이벌은 더욱 가혹하고, 나무 몇 개를 옮기는 것만 해도 대단한 노력이 필요할 거야. 간단한 쉘터만 만들려고 해도 며칠은 걸려. 30분 만에 집을 세우는 건 불가능한 거지.”

“이거, 전혀 안 듣고 있네.”

“나는 자신이 할 수 있는 한계를 시험하고 싶어, 그래서…… 지금부터 알몸으로 산에 틀어박힐게!”

“정신줄 괜찮으십니까?!”

: ㅋㅋㅋㅋㅋ ¥1,200

: 또 히카리 쨩의 크레이지가 시작됐군…….

: 오, 혹시 디스커버의 에드[#4] 형씨인가?

: 저도 잠깐 서바이벌 준비를 해올게요.

: 넌 그냥 알몸을 보러 가는 거잖아.

: 야생아로 변한 히카리 쨩에게 귀중한 단백질원으로 잡아 먹힐 듯.

결과 발표! 상대방의 완성품이 없는 관계로, 설마 했던 아와유키의 승리!

진짜로 서바이벌을 하려는 히카리 쨩을 전력으로 말리면서, 어쩐지 시온 선배의 고생을 조금이나마 이해한 기분이

#4 디스커버의 에드 영국 출신의 탐험가, 에드 스태포드. 디스커버리 채널의 서바이벌 프로그램에 출연한다. 정말로 생존에 위협이 될 정도가 아니면 아무 도구도 없이, 옷도 다 벗은 채 알몸으로 서바이벌 생활을 하는 탐험가이다.

들었다.

"챠미 쨩, 오늘은 와줘서 고마워."

"어, 으응. 이쪽이야말로 재미있어 보이는 기획을 세워줘서 고마워."

"정말? 하핫, 차미 쨩이 칭찬을 해주니 무척 기쁜걸."

"저기, 어째서 아까부터 그렇게 숨결이 한껏 섞인 훈남 보이스로 말하는 거야? 신경 쓰여서 건축에 집중을 못 하겠는데……."

"아아, 목소리 페티시즘인 챠미 쨩을 내 나름대로 환영하고 싶어서?"

"아와유키 쨩, 그런 짓을 하면 방송 중에 엄청 기분 나쁜 소리 내면서 몸부림치기 시작할 건데 괜찮아?"

"괜찮아."

"괜찮아?"

"응."

"아아아아아아아!! 아와유키 니임! 더어! 더어어어! 히히이이잉! 좀 더 목의 떨림을 알 수 있을 정도로 귀 가까이에서 속삭여줘요오오오!!"

"극혐."

"아와유키 쨩. 훈남 보이스를 할 거면 마지막까지 유지해줘. 나 화낸다?"

“어, 어째서 내가 혼나는 거야?”

“정말. 이 이상 하면 정말로 의식이 날아갈 것 같으니까, 이제 슬슬 기획 진행할까?”

“이런, 실례. 토지 대신에 귓구멍을 개발할 뻔했군.”

: 중간에 말 울음소리 안 들렸어?

: 날아갈 것 같은 챠미쨔마, 찐으로 징그러워서 짱 좋아.

: 은근슬쩍 리얼 훈남 목소리라 웃김ㅋㅋ

〈소우마 아리스〉: 승천했습니다.

: 어이.

네, 그리하여 두 번째 자객은 챠미 짱입니다!

그리고 건축의 테마는 호화 저택! 제한 시간은 내일 내 방송 시간까지니까 거의 신경 쓰지 않아도 오케이. 기분 내킬 때까지 건축하고 만족하면 그 시점에서 끝. 내일 방송에서 발표하는 흐름이다.

그래서 히카리 짱 때처럼 시간에 쫓길 염려는 별로 없기 때문에, 서로 느긋한 무드로 수다를 떨면서 자유롭게 건축을 진행한다.

챠미 짱이니까 어제 히카리 짱처럼 갑자기 라이브온 발작을 일으켜 부전승이 되는 일은 없을 거야. 이번에야말로 건축 배틀을 즐긴다!

“후우, 토대는 이 정도면 될까? 다음은 블록을 쌓아 올리는 작업이니까 단조로워질 것 같네. 저기, 챠미 짱! 집중하고 싶은 거 아니면 같이 카스텔라 답변할래?"

"아, 알았어. 나도 꽤 시간이 걸리지만 비슷한 작업이 이어지고 있었어."

"오케이, 땡큐! 일단 어느 것부터 답변할까~. ……이거다!"

@번장 때도 그렇고 챠미 쨩 때도 그렇고, 아와 쨩은 남의 성벽을 해방시키는 재능이 있어 보입니다.

그래서 아와 쨩에게 칭호 「번뇌 해방」을 선물할까 하는데, 어떨까요?@

"좋은걸요. 그 밖에도 성역(性域) 전개[#5] 같은 건 어때요? 암컷의 호흡[#6]이나 변태기동장치[#7] 같은 것도 좋을 것 같아요."

"이제 슬슬 진심으로 혼나지 않을까 걱정이야."

@각 두견새의 하이쿠[#8]는,

오다 노부나가 · 울지 않으면, 그만 죽여버려라, 호토토기스(두견새)

도요토미 히데요시 · 울지 않으면, 울게 만들어주마, 호토토기스(두견새)

도쿠가와 이에야스 · 울지 않으면, 울기를 기다리마, 호토토기스(두견새)

입니다만, 슈와 쨩은?@

#5 성역 전개 만화 『주술회전』에 등장하는, 작중 주술사의 힘을 일정한 공간에 발현시키는 「영역 전개」를 패러디.

#6 암컷의 호흡 만화 『귀멸의 칼날』에 등장하는 용어를 패러디. 작중에서 귀살대는 도깨비를 토벌하기 위해, 저마다 특수한 호흡법을 수행한다.

#7 변태기동장치 만화 『진격의 거인』에 나오는 용어의 패러디. 거인을 쓰러뜨리기 위해, 작중 인물들은 특수한 기계인 입체기동장치를 통해 건물 사이나 높은 벽을 타고 올라간다.

#8 두견새의 하이쿠 일본 전국시대 최고 권력자였던 오다 노부나가, 도쿠가와 이에야스, 도요토미 히데요시의 세 명이 울지 않는 두견새에 대해 보이는 반응을 표현한 것. 실제로 해당 인물들이 직접 남긴 말은 아니라, 17~18세기에 지어진 수필집에 나오는 구절이다.

"울지 않으면, 범해 버리면 되지, 호토토기스(두견새). 이거죠!"

"이제 이 정도 섹드립은 아무렇지도 않게 된 자신이 싫어……."

"그러면 들어주세요, 당하고 있는 호토토기스 흉내입니다. HOT! HOT! 아~! 내 HOT한 곳이 두근두근해버려어어어어엇!! 콧콧콧콧(신음소리)!!"

"　　　　　"

"훗. 완벽하군."

"앗, 미, 미안해. 너무 충격이 커서 한순간 의식을 놔 버렸어. 역시 아와유키 짱이야. 언제나 내 예상을 넘어선다니까."

"쑥스러운걸. 참고로 샤미 짱은 어떤 호토토기스의 하이쿠를 읊어?"

"나? 그렇네…… 울지 않으면, 칭찬해서 울린다, 호토토기스, 일까?"

"아~ 좋은걸. 어쩐지 샤미 짱다워. 이건 개개인의 성격이 드러나네. 다음에 다른 라이버한테도 물어보자."

: 콧콧콧콧에서 이미 글렀어.

: 일본의 모든 두견새가 외국으로 도망갈 것 같다.

: 이제 그만해, 슈와 짱~! 이미 아와유키의 청초 포인트는 0야!

: 아, 그러고 보니 얘 청초 캐릭터였지. 완전 잊고 있었습

니다.

: 이미 V 예능계의 천하를 쥐었다니까.

@~맛있는 스○○로를 만드는 법~

1: 사우나복을 입은 슈와 쨩을 준비합니다.

2: 슈와 쨩에게 스○○로를 먹이고, 운동시켜 땀을 흘리게 합니다.

3: 그 땀을 모아서 스○○로 캔에 넣어 마십니다.

4: 맛있다(따따란~).

※슈와 쨩은 특수한 훈련을 받았기 때문에, 땀이 스○○로가 됩니다. 다른 사람은 따라 하지 마세요!@

"엘리트 스○○로란 거군요! 그리운 드립이네요!"

"엘리트와 스○○로는 반대말 아니었어?"

"으으음! 상현의 제로[#9]인 슈와 쨩은 엘리트가 틀림없드아!"

"원작에 안 나왔던 건 술에 취해 아침까지 꿀잠을 잔 결과, 햇빛으로 잿더미가 되었기 때문이겠네. 틀림없이 개그 캐릭터의 엘리트야."

카스텔라 답변이 끝나고 다시 몇 시간이 지났다.

건축물은 일단 형태가 잡혔으니 괜찮은데, 아무래도 이제 졸음을 참는 게 한계다.

이제 나는 방송을 끝내고 자야겠어.

#9 상현의 제로 만화 『귀멸의 칼날』에 등장하는 용어를 패러디. 작중 등장하는 적인 흡혈귀 도깨비들에게는 계급이 있어, 특히 강한 도깨비는 「상현의 1」, 「상현의 2」 등으로 불린다.

“샤미 쨩~? 그쪽은 어때?”

“으음~. ……아직 조금 더 시간이 걸릴 것 같아. 조금 더 열심히 해볼 테니까 먼저 자도 괜찮아.”

“오~ 열심인걸. 그러면 그 말씀에 따라서 오늘은 이만 자야겠네. 미안해라…….”

“괜찮아. 내가 하고 싶은 거니까. 신경 쓰지 말고 푹 자.”

“고마워~. 그러면 내일 밤에 완성품을 발표하자…….”

“알았어. 후훗, 정말로 졸린 모양이네. 잘 자.”

“잘 자……. 배어나오는 혼탁한 문장, 불손한 광기의 그릇, 솟아오르며 부정하고, 마비되고 번뜩이며, 잠을 방해한다. 기어가는 철의 왕녀. 끊임없이 자괴하는 진흙 인형. 결합하라, 반발하라, 땅을 메워 자신의 무력함을 깨달아라. 파○의 90. 흑관[#10]이 하나. 배어나오는 혼탁의 문장 (생략) 흑관이 둘. 배어나오는 (생략) 흑관이 셋…….”

“잠버릇이 굉장하네.”

: 불손한 광기의 그릇 (알루미늄 캔)

: 배어나오는 혼탁한 문장 (ALC 9%)

: 끊임없이 자괴하는 진흙 인형 (슈와 쨩)

: 새로운 자기소개인가?

: 그거 잠을 가로막는 게 아니라 푹 잘 것 같은데요.

#10 흑관 만화 『블리치』에서 사신들이 쓰는 술법인 「파괴술」 중 하나. 판타지 세계관의 마법과 비슷해서, 강력한 술법일수록 영창이 필요하다. 특히 이 흑관의 영창이 중2병스러워 인터넷에서 자주 웃음거리로 쓰이곤 한다.

반쯤 졸고 있는 상태였지만, 강철 같은 의지로 방송은 제대로 끄고, 내 의식은 꿈속에 빠져들었다.

그리고 다음 날.

"저건, 누구냐? 누구냐? 누구냐? 저건 슈와 쨩이다~! 그런고로 오늘도 힘차게 방송을 한드아~! 어제 방송에 이어서 할 거니까 얼른 샤미 쨩이랑 통화를 연결해서~."

"아, 아와유키 쨩! 기다렸어! 드디어 발표 시간이구나!"

"어, 어어?"

어라, 샤미 쨩은 이렇게 텐션이 높은 캐릭터였던가? 평소랑 비교해서 오늘은 이상하게 목소리가 높은 것 같은데. 대체 무슨 일이지?

"오늘은 기운이 넘치네. 샤미 쨩, 무슨 일 있었어?"

"어머, 그래? 후후훗. 좋은 걸 만들어서 기분이 들뜬 걸지도 몰라."

"오, 그러면 제대로 완성을 했구나?"

"가슴을 쭉 펴고 발표할 수 있을 정도로는. 기대해도 좋아."

오오! 그 커뮤 장애에 자신 없는 언동이 잦은 샤미 쨩이 이렇게까지 말하다니! 이건 터무니없는 게 나올지도 모르겠는걸!

지는 건 물론 싫지만, 내심 조금 어떤 걸 만들었는지 기대된다.

그러면 날도 바뀌었으니 얼른 발표할까요!

우선 나부터!

"내가 만든 호화 저택은— 이거다아아!!"

: 오오!

: 이 묘비를 방불케 하는 각진 샤프한 디자인!

: 하염없이 물건을 수납하는 것밖에 생각 안 한, 도쿄에 늘어선 빌딩 같은 외양!

: 이것이 나타내는 것은!

: 길쭉한 두부네.

: 길쭉한 두부로군.

: 크기는 한데 호화 저택이라고 하긴 좀…….

: 진심으로 열심히 한 건 엄청 느껴져. 하지만 그걸 알 수 있어서 더욱이 슬퍼져.

: 응. 열심히 했다! 열심히 한 건 장해!

"어라. 어쩐지 다들 동정을 품고 있지 않아? 평범하게 매도를 당하는 것보다 어쩐지 마음에 푹 박히는 느낌인데……."

"괜찮아. 아와유키 쨩. 만약 공산주의 국가였다면 이 기능적인 건축법이 틀림없이 좋은 평가를 받을 거야!"

"그거 칭찬이야?"

큭. 이번에도 안 되나? 이제 인정하는 수밖에 없나? 내가 허접 건축가라는 걸……!

아니, 아직이야! 아직 졌다고 정해지지 않았어! 나는 마지막의 마지막까지 저항한다!
"그럼, 다음은 내 차례네."
"각오는 됐어……. 부탁합니다!"
"내가 만든 건…… 이거야!"
"……응?"
챠미 쨩의 움직임을 보니 지금 표시된 화면 안에 건물이 있는 건 틀림없겠지?
그런데 어째선지 그곳에 보이는 인공적인 건물은, 비유가 좀 그렇지만 공원에서 보는 공중 화장실 같은 엄청 작은 오두막뿐이었다.
"챠미 쨩, 이건……."
"후후, 안에 들어가 봐."
"으, 응."
아무래도 정말로 이 오두막이 완성품인가 본데.
신기하게 생각하면서 오두막 안으로 들어가자, 그곳에 한 칸만 구멍이 뚫려 있는 걸 발견했다.
이건…… 지하로 사다리가 뻗어 있나?
"후후, 내려가 봐."
이 시점에서 나도 지하가 메인이라는 걸 눈치챘지만—사다리를 내려간 곳의 광경이 그 예상을 배신…… 아니, 예상을 훨씬 넘어서고 있었다.
그곳에 하나의 세계가 있었다.

거짓말이 아니다. 설원과 사막, 바다. 눈앞에 하나의 완전히 새로운 세계가 존재하고 있었다.

예술적이라고 해도 될 정도로 정교하게 지하를 깎아낸 돌의 아티팩트들이 온갖 곳에 무수히 흩어져 있고, 중앙에는 마치 고대문명의 유적이 떠오르는 초 거대한 기둥의 모뉴먼트가 우뚝 서 있었다.

더욱이 놀란 것은 이 공간이 게임에서 다 묘사하지 못할 정도로 광범위까지 펼쳐진 것이다. 대체 얼마나 넓은 건지 상상도 안 돼…….

따라서 여기는 하나의 새로운 세계인 것이야.

만약 이름을 붙인다면――

"지하제구우우우우욱?!?!"

응. 이거다. 틀림없어.

"엑, 이거 엄청나잖아! 뭐야?! 이거 어떻게 만들었어?!"

"후후훗! 한 번 만들기 시작하니까 멈출 수가 없어서. 지금까지 계속 쉬지 않고 만들었어!"

"네?! 어, 어제 방송 때부터 계속?!"

"그래. 한숨도 안 자고 계속 작업했어."

아아 그렇군. 어쩐지 아까부터 이상하게 텐션이 높다 싶었어. 이건 틀림없이 한창 심야의 하이텐션인 거구만!

"규모가 너무 이상하잖아……. 그리고 이거, 호화 저택이라고 할 수 있어?"

"시끄러워! 나한테는 여기가 호화 저택이야! 나는 이대로 지하제국을 라이브온 멤버 모두의 생활권까지 넓혀서, 지하에서 온갖 대화를 도청하고 목소리를 즐기면서, 아무도 안 만나고 혼자 소소하게 살아가는 거야! 이것이야말로 샤미리칸 드림!"

"설마 했던 전 세계 도청 계획?! 하는 짓이 전혀 소소하지 않아!"

: 카○지 군. 반장.[#11] 당신들의 꿈이 지금 이루어졌어요.

: 아니, 그 둘은 딱히 완성을 목표로 한 게 아닌데…….

: 방송 종료한 뒤에도 계속 혼자 만들었구나…….

: 아래쪽 세계(물리)

"샤미 쨩."

"응? 왜?"

여러모로 하고 싶은 말이 산더미 같지만, 일단 맨 먼저 말해야 하는 건 이거다.

"자렴."

판정── 채팅창에서 심의가 일어난 결과, 호화 저택이 아니니까 아와유키의 승리!

스스로 말하는 것도 그렇지만 어째서 2연승이지……?

그리하여 현재 2연승이다. 그리고 다음이 마지막 자객.

#11 카○지 군. 반장. 『도박묵시록 카이지』의 등장인물. 주인공인 카이지는 도박 빚 때문에 제애그룹의 지하 노역장에 끌려가서 강제로 지하 시설의 공사를 했다.

대전 상대가 차례차례 자폭해서 올린 눈부신 전적이지만, 기왕 이렇게 됐으니까 전승을 노리고 싶다.

“자, 등장해주실까요. 마지막으로 내 앞을 가로막는 자객은—.”

“안녕, 기다렸지? 모두의 세이 님이 왔다.”

“이겁니다.”

“하핫, 조금 늦잠을 자서 준비할 시간이 없기에 전라로 와 버렸어.”

“돌아가 주세요.”

“돌아가. 자, 『돌아가』라는 보이스를 주라고 하니 이 세이 님이 혼신의 멋진 목소리를 선물해줄게. 이거 참, 아와유키 군은 어리광쟁이로군.”

“위험했어, 미리 고막을 터뜨려두길 잘했네.”

“고막 너머까지 내 목소리를 몸에 집어넣고 싶었구나. 이 귀여운 녀석. 기쁘지않아?”

“역시 이 선배는 강하다니까~.”

새삼스럽지만, 마지막으로 기획에 협력해주는 건 여전히 전라 스킨으로 등장해 줘버리신 세이 님입니다. 오기로라도 지기 싫어.

: 여전히 사이좋네! ¥30,000

: 세이 님은 온갖 공격을 흡수하는 내성이 있으니까 대미지가 안 먹혀.

: 이거지(변태 찐 백합 신자)

"후훗. 그건 그렇고 아와유키 군. 그 굳건한 두 사람을 쓰러뜨리고 내 앞까지 오다니. 참으로 훌륭해. 그래서 말인데, 손을 잡지 않겠니? 만약 나에게 충성을 맹세한다면, 내가 가진 어른의 장난감 절반을 줄게."

"집이 어덜트 샵이 될 것 같으니 됐어요. 그리고 애당초 토너먼트가 아닌데요."

"제대로 사용한 물건들이거든? 세이 님이 사용한 물건 한정 어덜트 샵을 열 수 있는데?"

"업보가 깊은 가게네. 이게 진정한 어둠의 사업이지."

"무슨 말을 하니."

"아~ 저 바다에 내던지고 싶어."

"그런 짓을 해도 되겠어? 세이 님이 아○아맨이 되거든? 아쿠○맨의 아쿠아○멍에 트라이던트가 푹 박혀서 푸아하하핫!!"

"텐션을 위아래로 흔들어대지 마."

정말이지. 이대로는 시간 가는 줄 모르고 이야기를 하게 될 것 같으니까 억지로라도 기획을 진행해 버리자.

건축 테마는, 마지막이라서 제한이 전혀 없는 자유 건축으로 정해졌다. 뭘 만들어도 되니까 제한이 있을 때보다 훨씬 센스가 필요해진다고 해도 되리라.

그러나, 사실 나는 벌써 만들 걸 정해두고 있었다. 개막 시점에서 지금까지 계속 망설임 없이 건축을 하고 있었다. 머리보다 먼저 몸이 움직이는 이미지다.

이건…… 굉장한 걸 만들 수 있을지도 몰라.

세이 님도 대강 예상한 것처럼 망설임 없이 담담하게 건축을 진행하는 모양이다. 둘 다 결과 발표에 대한 기대가 커지는걸.

그다음에도 얼마간 적당히 잡담을 섞으며 집중해서 건축을 진행하고 있었는데, 조금 눈이 지치기 시작해서, 일단 카스텔라 답변을 중간에 끼우기로 했다.

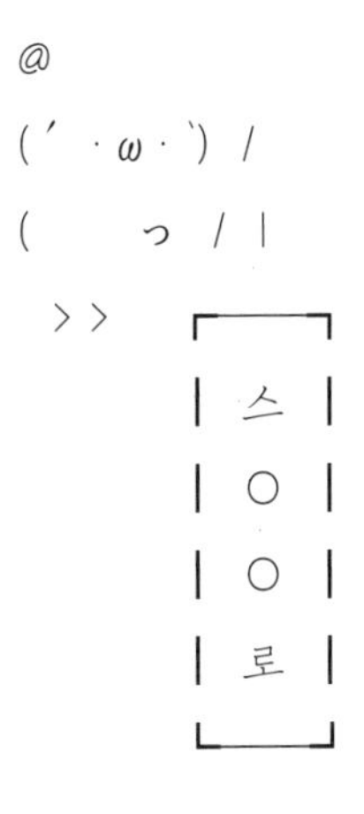

"응. 이건 이제 문장이 아니라 아트네. 굉장하지만 어떻게 답변을 해야 좋을지 모르겠어."

"익명에다가 신출귀몰한 게 뱅○시 같군. 세이 님은 감동했어.”

“엇. 혹시 이거 그린 게 뱅크ㅇ일 가능성 있나? 역시 흥분되기 시작했어!”

“대체 이 아트에 어떤 의미가 담겨 있는 걸까…… 고찰이 필요하겠어.”

: 설마 했던 거물 아티스트의 스ㅇㅇ로 포교설.

: 상상하는 건 뭐, 자유니까.

: 정말로 이 두 사람은 발상이 너무 자유롭다ㅋㅋㅋ

@슈와 쨩은 에로한 사람으로 이름을 떨치고 있습니다만,

이즈음에서 한 번 세이 님에게 도전하여 라이브온 제일의 에로한 사람이 되어 《스〇〇로인 사람》과 《에로한 사람》의 2관왕에 도전해볼 생각이 있나요?@

“그렇다는데. 아와유키 군, 나를 쓰러뜨려 볼래?”

“그래도 괜찮지만, 어떻게 겨루는 건가요?”

“좋아, 결정됐군. 그러면 지금부터 섹드립 한정 끝말잇기를 해서 이긴 사람이 타이틀을 얻는 규칙으로 승부다.”

“그 끝말잇기에 대한 모독은 뭔데요?”

“그러면 세이 님부터 한다. 오ㅇ친(ㅇ추).”

“벌써 끝났잖아~.”

“훗. 확실히 끝말잇기에는 졌지만[#12] 에로의 이름은 지켜

#12 끝말잇기 일본어에서 ㅇ과 ㄴ받침 발음을 나타내는 「ん」으로 시작하는 단어가 없어, 끝말잇기에서 ん으로 끝나는 단어를 말한 사람은 페널티로 패배한다.

냈다. 승부에 이기고 시합에 졌다는 거지."

"누가 나 좀 살려줘."

@세이 님은 방송 안 할 때도 일상생활하면서 섹드립을 남발하나요?@

"상황의 흐름을 제대로 생각해서 말하고 있지. 에티켓이라는 거야. 섹드립은 지나치면 인생이 끝장날 가능성이 있으니까 다들 분위기를 읽고서 해야 해."

"어. 의외네요. 에티켓이라는 건 세이 님하고 가장 거리가 있는 말이라고 생각했어요."

"뭐, 평소에 말할 수 없으니까 발언할 때의 감동도 더욱 커지지만 말이야!"

"애간장 태우기 플레이였냐고요……."

: 끝말잇기의 템포에 빵 터짐ㅋㅋ

: 그렇게 라이버를 좋아하는 슈와 쨩이 유일하게 세이 님한테는 신랄한 게 좋아.

: 함축이 너무 담겨서 설득력이 장난 아냐.

: 세이 님은 찐으로 섹세이 님.

또 다시 시간이 흘러 다음 날 밤.

드디어 마지막 건축물이 완성되었으니, 모두에게 선보일 시간이다.

"세이 님, 지금까지는 제가 먼저 발표했었는데요. 혹시 괜찮으면 이번에는 제가 나중에 발표해도 될까요?"

"응? 어째서지?"

"이번에는 진짜로 자신감이 있어서요. 주인공은 마지막에 등장하는 법이잖아요?"

"흐응~. 자신만만한걸. 알았어. 내가 먼저 공개하도록 하지. 하지만 나도 이번엔 자신 있으니까, 마지막에 창피를 당해도 나는 모른다?"

"후후, 저에게 압승 당하지나 마세요."

그리하여 먼저 세이 님의 완성품이 있는 장소로 이동한다.

……음, 이동하고 있는데…….

완성품으로 보이는 건물이 점점 화면에 비침에 따라, 내 다리가 앞으로 나아가기를 거부한다. 가능하면 당장이라도 뒤로 돌아 도망치고 싶은 충동에 휩싸였다.

"자아, 보게나! 이것이 세이 님 혼신의 대물……이 아니고, 건물이야!"

눈앞에 우뚝 선…… 아니, 빳빳하게 솟은 것은 하늘을 향해 뻗은 끝 부분이 조금 부자연스럽게 부풀어 있는, 세로 30미터 정도의 막대 형태의 물체다.

응. 이제 돌아가도 되겠지?

: OUT~!!

: 진짜로 저질렀다…….

: 이건 어엿한 어른의 송이버섯이구만.

: 오, 이건 네오 암스트롱 사이클론 제트 암스트롱 포[#13]잖아! 이거 상당히 완성도가 높은걸!

: 솔직히 저질러주지 않을까 생각했지만, 정말로 만들 줄이야…….

: 이건 모자이크 필요한 거 아니야……?

"어른의 장난감을 만들다니 진짜 기겁했거든요, 세이 님? 우리는 지금부터 이런 저속한 게 존재하는 세계에서 살아가야 하는 건가요? 차라리 당장 이거 폭파해서 거세할 생각은 없어요?"

"에이. 기다리게나, 아와유키 군. 이것만 보고 평가하기엔 아직 일러. 이쪽으로 잠깐 와봐."

"네에네에~."

너무나도 무거운 발을 어떻게든 움직여 세이 님을 따라가자, 그곳엔 레버 하나가 있었다.

그리고 레버에서 그 물건으로 뭔가 선이 이어져 있는데…… 이건 회로라는 건가?

그러고 보니 나는 아직 손을 댄 적이 없지만, 이 게임에선 블록과 회로를 잘 연결해서 블록을 움직이는 게 가능했었지.

서, 설마—?!

#13 네오 암스트롱 사이클론 제트 암스트롱 포 만화 『은혼』에서 등장한 병기의 이름. 주인공이 눈 조각상으로 이것을 만들었을 때 형태가 상당히 외설적임에도 여러 등장인물들이 완성도가 높다며 칭찬하였고, TV애니메이션에서도 수정 없이 그대로 방영되며 인터넷에서 인기 밈이 되었다.

"Let's OTINTIN Time."

철커덩 철커덩 철커덩 철커덩 철커덩 철커덩!!

섹세이 님이 레버를 당기자, 문제의 물건이 하이스피드로 경련하듯 움직이기 시작했다!

"딜○가 아니라 바○브였다——?!"

"뷰티풀…… 아니, 이건 뷰틴틴풀풀[#14]이라고 하는 게 좋을까?"

: 정신 나갈 것 같네ㅋㅋ

: 엄청 시끄러워ㅋㅋㅋ

: 완전 부드럽게 움직이는데 어떤 회로를 쓴 거야……?

: 뷰틴틴풀풀. 소리 내어 읽고 싶은 일본어다.

: 영어겠지.

: 영어도 아닌데?

: 섹글리쉬로군.

: 영어권 사람한테 말하면 beatiful의 최상급 단어라고 판단할 것 같다.

: 콩크레츄바이브레이션!

여전히 정상운행 중인 세이 님에게 잔뜩 휘둘려버렸지만, 다음은 드디어 내 차례다.

지금 생각하면, 어째서 가장 자유롭게 풀어주면 안 되는 사람에게 이 주제를 내고 만 걸까……?

#14 뷰틴틴풀풀 아름답다는 뜻의 뷰티풀, 남성기의 은어 중 하나인 틴틴을 조합한 섹드립.

뭐, 이제 와서 투덜거려 봐야 어쩔 수 없다. 그리고 지금부터 선보이는 내 건축물을 보면 다들 저런 건축물인지 아닌지도 모를 물건 따위 잊어버릴 거야.

지금까지 나를 두부 판매상이라고 말한 시청자들이여. 자, 보거라— 내가 혼을 담아 만들어낸 초절정 아트를!

: 와앗?!

: 미, 믿을 수가 없어.

: 이건…… 실사라고 불러야 하지 않을까?

: 인간은 이 정도까지 진리에 다가갈 수 있는 건가?!

: 이 각진 부분을 완벽하게 지운 아름다운 원기둥에, 그 주변을 둘러싼 이글거리는 장식.

: 마무리로 무심코 입을 꾹 다물게 될 것 같은 과즙이 흐르는 레몬.

: 이것이 나타내는 것으——은!

: 스○○로잖아!

: ㅋㅋㅋ 둘 다 정말 너무 자유롭다.

: 방금 전까지 세이 님의 건축물에 기겁했던 사람이 만든 게 이거라니.

: 근데 너무 크지 않아? 높이 60미터 이상은 되는 것 같은데.

: 가장 두려운 건 이걸 일절의 망설임 없이 초스피드로 만들었다는 거지. 하룻밤에 이 결과물은 장난이 아냐.

: 참고용 이미지조차 안 봤단 말이지. 『조형은 모두 몸이 가르쳐 준다』라고 말하기 시작했을 때는 그저 웃을 수밖에 없었어.

: 스○○로 장인.

: 두부 판매상에서 술 판매상이 됐군.

: 이건 아무래도 승패가 정해졌나.

: 퀄리티가 장난 아냐.

"이걸로 부디 이 세계에도 스○○로의 가호가 있기를."

"굉장한데. 네오 암스○○제로 사이클론 제트 암스○○제로 포잖아. 이거 상당히 완성도가 높은걸!"

결과 만장일치로 나의 승리, 멋지게 전승했다!

"이런 회상이 있어도 괜찮은 건가?"

회상의 세계에서 돌아와 눈을 뜬 나는, 입을 열자마자 그런 말을 흘렸다.

어, 회상이라는 건 뭔가 더 센티멘털한 에피소드를 돌이켜보는 거 아니었나? 방금 이 회상은 세이 님이 기획의 끝에 전라로 찾아와서 섹드립을 뿌리고 간 변태라는 이야기밖에 안 된다고? 평소랑 아무것도 다른 게 없어!

"……아니, 평소랑 다른 게 없으니까 신경 쓰이는 거구나."

우리가 아는 세이 님은 어디까지나 세이 님이다. 점잖은 태도로 터무니없는 섹드립을 투하하며 방송의 분위기를 띄우는, 그런 세이 님밖에 모른다.

그렇기에, 지금의 그녀가 무슨 생각을 하는지 알 수가 없다. 지금 세이 님은 평소랑 다른, 처음 보는 세이 님이야.

"정말이지, 무슨 생각을 하는 건지."

입으로는 그렇게 말했지만, 일전의 월크도 그렇고 세이 님과 한 콜라보는 모두 즐거운 추억이었다.

어쩐지 요즘 악우 같은 관계가 되어서 인정하기 싫은 마음도 있지만, 내가 라이브온에 들어오려고 한 계기가 된 사람 중 한 명이며, 들어온 뒤에도 신경을 써준 은인이기도 하다. 계속 그 흐림 없는 빛나는 미소를 보고 싶은, 소중한 사람인 건 분명하다.

"하지만, 나는 이번 일에 관해서 너무나 무력하단 말이지……."

세이 님은 너무 과하게 신경 쓰지 말아달라는 느낌이었고, 역시 함부로 행동하기보단 본인이 SOS를 보내지 않는 한 평소처럼 방송을 하는 게 제일인가?

"하다못해 의지할 수 있는 사람으로 보이도록, 마음을 고쳐먹고 당당하게 방송을 하자."

자신에게 기합을 넣고, 나는 오늘 방송의 섬네일 만들기에 몰두했다.

아리스 쨩의 집에서 숙박

"어라, 거의 다 왔구나."

신칸센의 좌석에 앉아 강제 스크롤 게임처럼 흘러가는 바깥 경치를 멍~하니 바라보며 기분 좋은 흔들림에서 오는 졸음을 즐기고 있었는데, 아무래도 끝이 와버린 모양이다.

무거운 엉덩이를 들어서, 캐리어와 함께 사랑스러운 문명의 이기에 작별을 고했다.

"이쪽은 날씨가 좋네~."

도쿄의 하늘은 조금 흐릿한 기색이라 걱정이었는데, 이쪽은 멋진 하늘의 바다에 태양이 홀로 떠 있었다.

그리고 신칸센에서 내리면 여기서부터 또 다시 문명의 이기, GMAP이 나설 차례다.

목적지까지 가는 길을 조사하고, 검색된 루트를 따라가면 된다. 발달된 과학 기술을 누릴 수 있는 현대인임에 감사해야지.

도쿄하고는 달리 탁 트인 풍경에 마음을 치유 받으면서, 발걸음을 내딛음과 함께 문득 어째서 이렇게 되었는지를 돌이켜 보았다—.

스즈키 씨랑 회의한 날 밤. 나는 내가 한 말을 실행하고

자 컴퓨터 앞에서 게임 방송을 진행했다.

이 게임 자체는 세이 님 건이 있기 전부터 시작한 것이며, 대단히 마음에 들어 지난 1주일 정도 솔로 방송에서는 계속 이 게임을 플레이하고 있을 정도였다.

그리고 그 날은 엔딩을 맞이한 기념적인 날이었고— 나는 감동의 여운에 휩싸이면서 만족스럽게 방송 화면을 종료했는데…….

"…………어라."

그때 나는 깨달아 버렸다. 지난 한 주간 나의 생활이 얼마나 비참했는지를.

일주일 동안 외출 횟수 제로. 식량은 사러 나가지도 않고 비축분을 전부 쓴 결과 남들과 만난 것도 제로, 화룡점정으로 스○○로.

터무니없이 사회와 분리된 생활을 보내고 말았다.

이건 아무리 그래도 좀……. 게임도 클리어했으니, 누군가랑 놀러 가거나 뭐라도 하면서 밖에서 좀 몸을 풀자.

"앗, 그렇지."

기왕 좋은 기회니까, 세이 님한테 같이 외출하자고 권해볼까?

내 쪽에서는 어디까지나 수익화에 대한 이야기는 안 하고, 세이 님도 즐겁게 밖에서 놀면 기분이 리프레시될지도 모른다.

그렇게 생각하여 나는 세이 님에게 채팅을 보냈다.

〈코코로네 아와유키〉: 세이 님, 괜찮으면 내일 함께 밖으로 놀러 가지 않을래요? 지난 일주일 외출을 안 해서 몸이 말라버릴 것 같아요.

몇 분 뒤, 답신이 왔다.

〈우츠키 세이〉: 세이 짱! 이번 일로 참 힘들었지…… (^_^;) 하지만 괜찮아! 나는 언제든지 세이 짱의 아군이니까! (*^^) 그렇지, 갑작스럽지만 세이 짱이 좋아하는 요리는 뭐야? 내일 함께 밥 먹으러 가자! 물론 내가 살게~♪ 맛있는 걸 먹으면서 괴로운 일은 잊어버리자! 나랑 놀러 가면 밖에서는 물론이고 침대 안에서도 천국이야! (￣∀￣) ……라는 거지?!

〈코코로네 아와유키〉: 이제 전 몰라요. 혼자서 유원지라도 다녀오세요.

〈우츠키 세이〉: 농담이야. 권유해줘서 고마워. 하지만 내일은 그 건으로 회의가 좀 있어서, 요 며칠은 놀러 갈 시간이 없을 것 같아. 신경을 써줬는데 정말 미안하게 됐어.

〈코코로네 아와유키〉: 알겠어요. 일주일 밖에 안 나간 건 진짜니까 전혀 신경 쓰지 마세요!

〈우츠키 세이〉: 일주일이나 쌓여 있으면 괴롭지? 다른 라이버로 발산하고 오렴.

〈코코로네 아와유키〉: 표현을 어떻게 좀…….

으음~, 거절당해 버렸네.

뭐, 그러면 어쩔 수 없지. 밖에 안 나가면 위험한 건 변함이 없으니까. 세이 님 말처럼 다른 라이버를 그룹 채팅에서 불러보자.

〈코코로네 아와유키〉: 이번에 저랑 사석으로 밖에서 노실 분 없나요? 먼 곳이라도 기꺼이 갈게요.

〈소우마 아리스〉: 부디 저의 집으로 와주시는 것이지 말입니다!

채팅을 치고 답신이 올 때까지, 불과 4초.

잠복하고 있었냐고 태클을 걸고 싶었지만…… 뭐, 아리스 쨩이니까 어쩔 수 없네.

그리하여 놀러 갈 상대는 맨 먼저 응답해준 아리스 쨩으로 정해졌는데, 자택이 꽤 먼 곳이라고 해서 하룻밤 묵게 되었다.

그 아리스의 집에 묵는다……. 다소 불안이 느껴지지만, 근본은 착한 아이일 테니까 괜찮겠지. 응, 괜찮을 거라고 믿자.

"오, 여긴가?"

경치와 바람을 즐기면서 걷다 보니, 순식간에 GMAP이 표시한 단독주택에 도착했다.

그러고 보니 부모님이랑 같이 산다고 했었지. 갑작스러웠는데도 허가해주신 부모님껜 큰 감사의 마음이다. 하지만 오늘은 평일이라도 하룻밤 묵는 이상 만나게 될 테니까 좀 긴장되네.

일단 도착했다고 연락하자.

〈코코로네 아와유키〉: 도착했어요~.

〈소우마 아리스〉: 알겠습니다! 문은 열어 뒀으니 부디 들어오세요!

아무래도 준비 만전인 모양이네.

철컥.

그러면 실례하겠습……

콰앙!

문을 연 순간, 실내에 들어가지 않고 몸이 반사적으로 문을 도로 닫았다.

그리고 빛의 속도로 러블리 마이 엔젤[#15]에게 전화를 걸었다. 당연히 모 시스콘 주인공과 달리 착신이 거부당하는 일 따위는 없다.

————♪

"네네, 마시롱입니다~. 무슨 일이야, 아와 짱?"

"아, 갑자기 연락해서 미안해요, 마시롱. 지금 말이야, 아리스 짱 집에 놀러 왔는데."

"아~ 채팅으로 뭐라고 했었지. 그런데 왜?"

"지금 막 도착해서 집의 문을 열었는데, 위험한 게 있기

#15 러블리 마이 엔젤 소설 『내 여동생이 이렇게 귀여울 리가 없어』에서 주인공인 코우사카 쿄우스케가 등장인물 아라가키 아야세를 가리켜 종종 부르는 별명. 해당 작품에서도 쿄우스케가 종종 정신적 충격을 치유하려고 전화를 걸곤 하지만, 때에 따라 착신 거부를 당한다.

에 어쩌면 좋을까 싶어서."

"위험한 거?"

"속옷만 입은 변태 여자가 서 있었어요."

"어, 정말?"

"네. 게다가 말이죠? 어째선지 팬티를 눈이 가려질 정도로 머리에 깊이 뒤집어쓰고, 반대로 브래지어를 팬티처럼 아래쪽에 입고 있었어요."

"우와, 그거 엄청 위험한걸. 지금 당장 거기서 도망치는 게 좋겠어."

"더욱이, 더욱이 말이죠? 다 드러난 가슴의 양쪽 유두에 빈 스○○로 캔을 끈으로 매달고 있었어요."

"아, 그건 아마 아리스 쨩일 거야. 사랑받아서 다행이네, 아와 쨩."

"거짓말이라고 해줘, 마~시~!"

"그런 식으로 불린 거 하레루 선배 이후로 처음이야."

일단 통화를 마치고, 다시 문에 손을 댔다.

마시롱은 대체 무슨 말을 하는 거지? 제아무리 아리스 쨩이라도, 이런 크레이지 사이코 세이 님 같은 행동을 할 리가 없잖아!

정말이지. 어쩔 수 없으니까 내가 다시 한번 몸을 던져 그 변태의 정체를 조사해야지.

기다려, 아리스 쨩! 내가 너의 누명을 확실하게 벗겨줄게!

철컥!

"I'm a strong human. a, li, ce alice! a, li, ce alice! a, li, ce alice!"[#16]

"말도 안 돼!!!"

자기소개와 함께 눈앞에서 노래하며 춤추는 변태녀를 앞두고, 현관에서는 내 비통한 외침이 울려 퍼졌다—.

"스읍~ 하아…… 스읍~ 하아……."

뒤로 돌아서 몇 번인가 심호흡을 하여 겨우 제정신을 유지했다. 일단 이 상황을 밖의 누군가가 보지 못하게 문을 닫고, 다시 현관에 자리 잡은 키메라와 대치했다.

"어디 보자……. 일단 아리스 쨩인 건 틀림없죠? 만약 아니라면 전 지금 당장이라도 도망칠 건데요."

"네! 소우마 아리스입니다! 오늘은 먼 길을 와주셔서 감사, 감격하고 있지 말입니다!"

"응, 그렇구나, 그렇구나. 저도 만나서 기뻐요. 하지만 말이죠, 그 차림은…… 어쩌다 그렇게 되어 버린 건가요?"

가장 먼저 나는 아직도 직시할 수 없는, 복장이라고 말해도 될지 알 수 없는 차림에 태클을 걸었다.

이상하네. 눈앞에 거의 전라인 젊은 여자가 있는데도 전혀 흥분이 안 돼. 그러기는커녕 시야에 들어오는 것을 뇌

#16 I'm a strong human. 1900년대 후반 미국의 가수, 스캣맨 존의 대표곡 『Scatman(Ski-Ba-Bop-Ba-Dop-Bop)』의 패러디. 선천적으로 말을 더듬었던 그였지만, 전 세계적으로 사랑을 받았던 유로댄스 장르의 곡이다.

와 안구가 단호하게 거부하고 있어. 이게 쑥스러움에 의한 반응이었더라면 얼마나 좋았을까?

“아와유키 공이 저의 집에 강림하시는 것입니다. 어중간한 차림으로는 무례가 된다고 생각하여, 생각하고 생각한 결과 이렇게 되었지 말입니다!”

“그 생각하고 생각한 부분을 더 자세히 부탁합니다!”

“알겠습니다! 우선 아와유키 공에게 몸을 바칠 생각이기에 속옷 차림이 전제되고.”

“그렇군요. 일일이 태클을 걸다 보면 대화가 막혀서 진행되질 않으니까, 일단 마지막까지 들을게요.”

“그게, 저는 자주 쑥스러움을 느끼는 편이라 존경하는 아와유키 공을 실제로 눈앞에서 보면 심장 박동이 빨라져서 제대로 말을 못하게 될 가능성이 있습니다. 그래서 눈을 가리고 싶었지만, 브래지어로 눈을 가리는 게 잘 안 돼서…… 그렇다면 팬티를 뒤집어쓰자! 라고 생각했지 말입니다.”

“……네에네에, 그래서?”

“하지만 그러면 아래쪽이 다 드러나지 않습니까? 아무리 그래도 이건 좀 그렇다 싶어서 고민했지 말입니다. 거기서 발상의 역전으로, 브래지어를 아래쪽에 차야겠다고 생각했죠.”

“호오, 그렇군요. 또 있겠죠?”

“네. 자연스럽게 비어 버린 가슴 에리어를 어떻게 해야 할까 대단히 고민했습니다만, 이건 아와유키 공의 흥미를 끌 수 있는 걸 달아서 어필해야 한다고 생각해서."

"생각해서?"

"빈 스○○로 캔을 끈으로 이어서."

"빈 스○○로 캔을 끈으로 이어서?"

"유두에 매단 것이지 말입니다!"

"그렇구나~, 유두에 매달아 버렸구나~. 확실히 유두가 비어 있으면 아쉬우니까요."

"그렇지 말입니다!"

…….

"머리 괜찮아요?"

중간에 몇 번이나 태클 걸고 싶은 충동을 느꼈지만 필사적으로 참은 결과, 최종적으로 이 한 마디로 귀결됐다.

위험해. 얘는 내가 만나온 강자들 중에서도 톱클래스로 위험해. 아주 뚝심이 있어.

"어라? 마음에 안 드신 겁니까, 저의 승부 속옷이?"

"오히려 어째서 그럴 생각이 든 건지 알고 싶어요. 그리고 분명히 승부는 하고 있네요. 제가 아니라, 이 세상하고."

"음~. 역시 몸이 빈약한 것이 안 좋은 것입니까? 더 잘 먹고 움직여서 단련을 해야겠지 말입니다!"

"그게 아니라……. 아니, 일단은 평범한 옷으로 갈아입어 줄래요? 아까부터 어딜 봐야 할지 난처해요."

"흥분하는 것입니까?!"

"아뇨, 절망했어요."

"음~. 내일부터 우유를 잔뜩 마시는 것입니다……."

"아니, 그러니까 그게 아니고……."

대화가 너무 안 통해서 강렬한 컬처 쇼크를 받고 있다…….

"옷은 제 방에 가야 있으니, 일단 들어오시지 말입니다."

"네……."

"아~! (집) 안에 들어와버렷! 아와유키 공이 내 (집) 안에 들어와 버리는 것입니다앗~!"

"돌아가도 될까요?"

"안 되는 겁니다."

나는 마지못해 신발을 벗고, 머리에 쓴 팬티를 때때로 올려가며 길을 확인해 복도를 앞서가는 아리스 쨩 뒤를 따랐다.

"지금 (까앙)이 (까앙)이라서 (까앙)."

"좋아, 그 양쪽 유두에 매달려 있는 걸 일단 손에 들든가 어떻게든 해서 고정해버릴까요? 걸을 때마다 부딪치는 소리가 울려서 무슨 말을 하는지 모르겠어요."

"앗, 실례했지 말입니다. 그래서 말입니다. 지금 부모님이 거실에 계십니다. 수고스러우시겠지만 잠시 만나주시길 부탁드리고 싶지 말입니다."

"엇, 아직 오후인데 부모님께서 계신 건가요?"

“네. 저도 깜짝 놀랐습니다만, 소중한 손님이 오니까 기합을 넣어서 오늘 휴가를 내신 것 같습니다.”

“진짜인가요…….”

우와아, 이런 거 익숙하질 않으니까 어쩐지 긴장되네. 라이버의 가족이랑 만나는 건 이번이 처음이다.

아니, 잠깐! 부모님이 계신다면 딸의 이런 추태를 말려 주세요! 아무리 생각해도 위화감밖에 없잖아요!

아니, 기다려 봐? 딸이 이런 식이면 설마 부모님까지──.

“여기가 거실입니다. 뭐, 살림이 가득해서 깔끔하지는 않습니다만.”

“꿀꺽…….”

아리스 쨩이 망설임 없이 문을 열었다. 그곳에 펼쳐진 광경은──.

“엄마~! 아빠~! 손님이 왔어요~!”

“시, 실례합니다! 오늘은 이렇게 불쑥 찾아뵙게 되어서 참으로……응?”

나는 각오를 굳히고 결전의 배틀 필드에 발을 들였는데, 아리스 쨩 때처럼 깜짝 놀란 것도 아니라 무심코 맥 빠진 소리를 흘려버렸다.

이유는 물론 눈을 감고서 떡 버티고 선 아리스 쨩의 부모님이다. 그러나 이건 뭐라고 해야 할지…….

말로 굳이 표현하자면……. 그래. 이 두 사람의 광경이 너무나도 통일성이 없었다.

서양식 거실 안에서 어머님이라고 생각되는 분은 어째선지 부채를 손에 들고, 굉장히 화려한 붉은 기모노를 입고 있었다. 그에 비해 아버님이라고 생각되는 분은 머리에 띠를 두르고, 상반신에는 복대 같은 걸 감고 있었다.

그리고 제일 수수께끼인 것은 아버님이 들고 있는 훌륭한 공이. 그리고 두 사람 사이의 위치에 설치된 절구.

이건…… 떡메 도구?

혼란에 빠져 다음 말을 찾지 못해 난처한 나를 두고, 갑자기 두 사람이 눈을 번뜩! 부릅떴다!

"딴따라딴딴딴딴, 딴따라딴딴딴딴딴♪ 딸이 VTuber가 된 줄 알았~더~니~, 스○○로 중독이었습~니~다~♪"

"뭐어라~고?! 저질러 버렸구나아?! 남자라면 입 다물고—"

"젠장할~!!"

슉! 토토토톡! ———♪

나는 뒤돌아서, 또다시 빛의 속도로 마시롱에게 전화를 걸었다.

"아, 여보세요? 나야, 나. 무슨 일이야? 나한테 돈이라도 빌리고 싶어졌어?"

"리버스 보이스 피싱은 참신하네요, 마시롱."

"후훗. 조금 장난치고 싶어졌거든. 그래서? 또 무슨 일 있어, 아와 쨩?"

"아, 지금 말이죠. 아리스 쨩의 부모님을 만났는데요."

"어, 정말? 그건 긴장되겠네. 실례가 없도록 조심해."

"아니 그게 말이죠. 부모님이 어째선지 코우메 ○유[#17]와 쿨 ○코.[#18]의 소리치는 쪽으로 변해있었어요!"

"응? 어, 무슨 상황이야? 혹시 지금 스케이트 링크장이야? 썰렁하단 의미에서."

"게다가 말이죠. 두 분의 호흡이 전혀 안 맞아서 개그가 엉망이에요!"

"뭐, 그 두 사람이 호흡이 딱 맞으면 반대로 깜짝 놀라겠지. 특히 코우메 쪽은."

"위험해요! 설마 했던 드림 콤비가 등장해서 저 완전 흥분했어요!"

"응, 분명히 드림 콤비네. 부디 그 콤비가 꿈이었으면 좋겠는걸."

"코우○ 다유랑 쿨 포○.를 바보 취급하지 마! 나는 이 사람들의 찐팬이라고!"

"그 사람들에게 무슨 추억이 있는 거야, 아와 쨩……. 뭐, 아와 쨩 그런 단발 개그를 엄청 좋아했지."

후우, 마시롱의 힘을 또 한 번 빌린 덕분에 점점 진정이

#17 코우메 ○유 일본의 개그맨. 『코우메 다유』. 남성이지만 화려한 기모노와 얼굴 전체를 하얗게 칠하는 여장 스타일로, 「~인 줄 알았더니, ~였습니다」라고 말하는 만담이 트레이드 마크.
#18 쿨 ○코. 일본의 2인조 개그 콤비. 『쿨 포코.』. 절구와 공이를 준비해 떡메를 치면서 「~하려고 ~하는 남자가 있었다」라는 말을 받아 「저질러 버렸구나! 남자라면 입 다물고~」라며 이어가는 만담이 트레이드 마크.

된다.

그러면——.

"있죠. 마시롱."

"응? 왜 그래?"

"살려줘요."

"홧팅."

"싫어어어어어어어!!!!"

일절의 자비도 없이 전화는 끊어져, 나는 또다시 카오스 공간으로 돌아오게 되었다.

마시롱 녀석, 다음에 배불러서 더 못 먹는다고 할 때까지 맛있는 걸 먹여주고 말 테니깐!!

"여기가 제 방입니다! 부디 편히 쉬세요!"

"응, 고마워."

부모님과 인사를 마치고, 나는 아리스 짱의 방으로 안내를 받았다. 드디어 한숨 돌릴 수 있겠어.

참고로 인사는, 조금 전의 퍼스트 콘택트로는 상상도 못 할 만큼 매끄럽고 친근하게 끝났다.

개그를 선보인 다음 나와 이야기를 시작한 순간, 방금 전의 일을 잊어 버릴 정도로 평범하게 좋은 부모님으로 변한 것이다.

솔직히 쫄았다. 태클을 걸 틈도 없이 개그용? 복장을 입은 채로 예의 바르게 인사를 해오시니 위화감이 폭발했다. 대체 뭐였지……?

절대 보통 사람들이 아니야……. 아리스 쨩에게 물어보니 이 정도는 일상다반사라고 했으니까.

뭐, 한 마디로 요약하면 이 가족은 위험해~.

사이가 엄청 좋은 모양이고, 즐거워 보이는 가정이지만 저마다의 개성이 말이지…….

일단 마음을 가다듬고, 아리스 쨩과 보내는 시간을 즐겨야지.

방의 인상은…… 생각보단 평범한가? 일반적인 여자애의 방이다.

"그렇게 빤히 방을 보면 부끄러운 것입니다……."

"아, 미, 미안해!"

"아뇨. 하지만 관찰을 해도 그렇게 대단한 건 없지 말입니다."

"응. 솔직히 놀랐어요. 벽에 가득 내 사진이 붙어 있을지도 모른다고 각오했었으니까요."

"아, 그건 취미용 별실에……."

"……."

긁어 부스럼이군. 무시해야지…….

아리스 쨩의 방으로 안내받아 쿠션에 앉은 내가 다음에

할 행동은 이미 정해져 있었다.

그래. 이 현대사회의 윤리관과 정면으로 대립하고 있는 아리스 쨩의 차림새다.

지금 이대로 놔두면 수시로 내가 정체 모를 공포를 느끼게 되니까, 곧장 갈아 입혀야겠어.

이 심층 의식에서부터 거절하려는 감각은 재패니즈 호러와는 다른, 새로운 장르로서 스트롱 호러라고 불러야 할까?

"불조심! 스○○로 두 개가 불판의 원인(까앙!)"

"그만둬. 그 말은 나한테 푸욱 박히는 걸……이 아니라, 놀지 말고 얼른 갈아입으세요!!"

그제야 제대로 된 사복으로 갈아입어준 모양이라, 마침내 계속 돌리고 있던 시선을 그녀를 향해 돌렸다.

음~ 그렇군, 그렇군…….

"응, 좋아요. 제대로 갈아입은 게 장하네요."

"네! 에헤헤, 칭찬받았지 말입니다! 이 옷은 귀여운 겁니까?"

"그래요. 여자애다운 참 귀여운 옷이라고 생각해요. 옷은 이제 됐고. 그래서…… 아직도 머리에 쓰고 있는 그건 뭔가요?"

"모자이지 말입니다."

"(#^ω^)"

"팬티이지 말입니다."

"좋아요."

제대로 된 옷으로 갈아입어준 아리스 쨩이지만, 머리에는 아직도 단호하게 눈까지 깊숙하게 팬티를 쓰고 있었다.

"분명히 이상하다고 스스로도 깨닫고 있죠! 아리스 쨩은 언제나 집에서 팬티를 뒤집어쓰고 있나요?"

"아와유키 공의 팬티라면 기꺼이 언제나 장착하는 것이지 말입니다. 그러니까 지금 입고 있는 팬티를 주세요!"

"용케 이 상황에서 그걸 달라는 말이 나오네요?! 줄 리가 없잖아요!"

"절대 세탁 안 하고 소중히 쓸 겁니다만?"

"그건 소중히 쓰는 건가요……?"

오기로라도 팬티를 안 벗으려는 아리스 쨩.

이윽고, 혹시 뭔가 절대 벗을 수 없는 이유가 있는 걸지도 모른단 생각이 나의 뇌리에 떠오르기 시작했다.

그렇다면 억지로 벗기는 건 가엾다고 생각하여, 어떡하면 좋을지 고민하기 시작한 내가 몇 초 말이 없어진 참에, 보다 못한 아리스 쨩이 이유를 설명하기 시작했다.

"저기, 현관에서도 말한 것처럼 저는 사실 극도로 부끄럼을 타서, 눈을 마주치고 대화하는 게 아마 무리인 것입니다……."

"아, 아아. 그렇구나. 그 자리의 분위기에 휘둘려서 그때는 개그인가 생각해 버렸지만, 정말로 부끄럼을 타는 거군요."

“네, 쑥스럽지만요. 사실 아까부터 라이버인 소우마 아리스로서 행동하는 것도, 완전히 본래의 자신으로는 창피해서 제대로 말을 못 하기 때문인 것도 있어서…….”

“아, 그러고 보니 아까부터 말투도 방송할 때랑 그대로네요!”

내 안에서 아리스 쨩의 캐릭터 이미지가 너무 강한 탓에 지금까지 위화감을 못 느꼈는데, 지금은 방송 중이 아니다. 더 자연스러워도 이상하지 않을 텐데.

다시 말해서 팬티를 비롯한 이 여러 가지 언동은, 나랑 제대로 대화를 하기 위해 계획해줬다는 뜻이다.

그렇게 생각하면 어쩐지 귀엽단 생각이 든다…… 든……다…………. 으, 응. 발상은 귀엽네! 비주얼이 좀 그렇지만.

“그래서, 팬티를 쓰고 있는 것입니다.”

“이해는 했어요. 하지만 눈앞에 변태 가면 아종 같은 게 있으면 저도 의문의 압력을 느낀다니까요. 시험 삼아 한 번 벗어볼래요? 자, 안 무서우니까요.”

“우우우…… 눈도 안 마주치고 대화도 이어지지 않는 지루한 여자라고 생각하지 않는 것입니까?”

“괜찮아요. 아리스 쨩이 존경해주는 사람은 그 정도 인간이 아니라고 생각한답니다. 자, 이리 올래요?”

“네에…….”

머뭇거리면서도 내 말에 설득되었는지, 그녀는 드디어

팬티를 머리에서 벗어주었다. 서로 제대로 얼굴을 보는 건 이게 처음이다.

그러나 딱 한순간 눈이 마주치자마자, 아리스 쨩은 얼굴을 양손으로 가리고 뒤로 쓰러지며 몸부림치기 시작해 버렸다.

"왜, 왜 그래?!"

"아아, 봐 버렸어! 아와유키 공의 존안을 드디어 맨눈으로 보고 만 것입니다!"

"존안이라니……."

"너무 신성해서 눈이 멀어버리는 것입니다~!!"

"아니, 그러니까 너무 거창해요."

"우우~!!"

도저히 재기하지 못하고 쓰러져 버둥거리는 아리스 쨩.

뭐랄까, 이건…… 평범하게 꽤 귀엽네.

행동이 예상을 훨씬 넘어서는 것은 역시나 라이브온 소속의 라이버란 느낌이지만, 근본적인 부분은 나를 따라주는 후배이며, 참을 수 없는 존재라는 것을 드디어 떠올렸다.

조금이지만 보인 얼굴도, 불안해 보이는 표정이지만 애교가 있는 여동생 계열의 외모다. 평소의 방송과는 갭이 굉장하네. 분명히 얌전한 성격이긴 하지만, 뭔가 가면을 쓰면 내면을 드러낼 수 있는 타입인 아이겠지.

"자, 진정해주세요. 됐어요? 아, 그러고 보니 아리스 쨩의 본명이라든가, 만약 괜찮으면 물어봐도 될까요? 자, 이왕 이렇게 만났으니까, 새삼스럽지만 자기소개라도.”

“아, 저기, 이츠쿠시마 아유미입니다…….”

“아유미 짱이군요. 저는 타나카 유키입니다. 잘 부탁해요.”

“이, 이름으로 불려 버렸어……. 게다가 진명까지…….”

조금 전보다는 진정했지만, 그래도 시선을 흔들면서 작은 소리로 「유키 선배…….」라고 여러 번 중얼거리는 아리스 짱.

그리고 문득 한순간 다시 눈이 마주치자, 그녀는 얼굴이 새빨개져서 고개를 숙였다.

이 생물은 뭐야? 귀, 귀, 귀, 귀…….

“귀여워──!!”

“아, 아와유키 공?! 히얏?!”

귀엽다는 개념의 집합체를 본 나는 무심코 힘차게 끌어안아 버려서, 기세로 그녀를 넘어뜨리는 형태가 되었다.

“평소엔 이렇게 풋풋하다니 갭 모에도 정도가 있지! 비겁하잖아요! 이 녀석, 이 녀석!!”

“아와, 아와와와와?!”

감정에 몸을 맡기고 아리스 짱의 등이나 뒤통수를 마구 쓰다듬었다. 그때였다.

“저기~! 엄마가 기합을 넣어서 과자를 구워왔어! 괜찮으면 먹을…… 어머나~!”

쟁반에 달콤한 냄새를 풍기는 맛있어 보이는 쿠키와 주스를 올린 아리스 쨩의 어머님이 방에 들어왔다.

——어라? 혹시 이 자세는—— 다른 사람이 보면 위험하지 않아?

"어머나~! 오늘 저녁은 피임약 특선으로 결정이구나!"

"아니아니아니아니! 그 전대미문의 메뉴는 뭔가요?!"

"아니야, 엄마! 저는 아와유키 공의 씨라면 낳길 희망하지 말입니다!"

"그게 아니라~!!"

황급히 아리스 쨩과 떨어져 어머님에게 변명하는 나였다.

"앗, 아리스 쨩. 거기…… 기분 좋아!"

"여기? 여기가 좋은 것이지 말입니다? 후훗. 아와유키 공의 약점을 점점 알 것 같은 것이지 말입니다."

"하아…… 하아…… 너무 기분 좋아서 몸에 힘이 안 들어가고 있어요……."

"좋아요, 아주 좋아요. 아와유키 공! 그대로 몸을 맡기는 것이지 말입니다. 자, 다음은 다리를 벌려 주세요! 더 기분 좋아지는 성감 스페셜 코스로 안내를—."

"아, 그건 됐어요."

"쳇……."

어머님 습격으로부터 몇 분 뒤. 나는 아리스 쨩의 침대에 엎드린 상태로 누워 있고, 허리 위에 아리스 쨩이 올라타 있었다.

딱히 망측한 일을 하는 건 아니다. 우선 뭘 할까 이야기하다가, 아리스 쨩이 마사지를 해준다고 해서 그 말에 따른 것뿐이다. 당연히 옷도 제대로 입고 있다.

"으음…… 분명히 마사지는 기분 좋지만, 딱히 그렇게까지 신경 쓰지 않아도 되는데요? 아리스 쨩도 놀고 싶죠?"

"괜찮은 것이지 말입니다! 이번에는 아와유키 공의 피로를 풀 겸 하고 있으니, 몸도 마음도 쉬시는 것이 좋지 말입니다. 실제로 상당히 몸이 굳어 있습니다. 아와유키 공은 방송에 너무 열심이시니까요."

"고마워요. 컴퓨터 앞에 계속 앉아 있으니까 어쩔 수 없이 말이죠. 역시 인간은 운동도 해야 되네요~. ……후훗. 하지만 이렇게 마사지가 기분 좋은 것이라면, 아리스 쨩 앞에서는 굳어 있는 것도 나쁘지 않을지 몰라요. 아까부터 정말 극락이에요."

"……그건 제 앞에서는 몸을 단단하게 만들겠다는, 남성기가 없는 대신에 절 유혹하는 문구인 것이지 말입니까? 옷 벗을까요?"

"아, 됐습니다~."

이 좋은 분위기 다 망쳤잖아!

참고로 나에 대한 아리스 쨩의 대응은, 얼굴은 안 가리는 대신 캐릭터는 라이버인 아리스가 되었다. 아무래도 이게 가장 서로에게 위화감 없이 커뮤니케이션을 취할 수 있는 형태 같았다.

“어깨 말고도 굳어 있는 것이지 말입니다. 이건 전신에 림프가 제대로 흐르지 않는 걸지도 모릅니다.”

“림프?”

“네. 그러니 림프의 방류를 하는 것입니다~. 그러면 옷을 벗기겠습니다~.”

“아~, 됐습니다~.”

“으음~, 어째서인 겁니까~? 림프 마사지, 분명히 기분 좋을 겁니다?”

“딱히 림프 마사지를 부정하는 건 아니에요. 다만 시술자가 아리스 쨩이면 제 몸의 위험이 느껴지는 것뿐이죠.”

여전히 극단적인 애정?을 매번 받아 흘리면서 정성스러운 마사지를 탐닉하자, 끝날 무렵에는 나도 놀랄 만큼 몸이 가벼워져 있었다.

몸의 피로가 스스로의 상상 이상으로 부담이 된 모양이다. 다음에 집 근처에 좋은 마사지점이나 정형사가 없는지 찾아보는 것도 좋을 것 같다.

그~러~면, 다음은 물론~.

“자, 다음은 아리스 쨩이 누우세요.”

“어, 저 말입니까? 저는 딱히…….”

“무슨 말을 하나요? 아리스 쨩도 나와 같은 라이버 활동을 하고 있으니까, 마사지를 받아야 해요.”

“하지만, 이번에는 아와유키 공의 피로를 푸는 것이 목적이니 부담을 드릴 수는…….”

“애당초 저는 피로를 푸는 게 목적이라고 한 적이 없는데 말이죠……. 괜찮아요. 제가 하고 싶으니까 하는 거예요. 딱히 능숙하지는 않을지도 모르지만, 아프게 하진 않을게요.”

“으음…….”

이렇게까지 말해도 아리스 쨩은 좀처럼 납득을 못 하는 기색이다. 점점 알 것 같은데, 아리스 쨩은 뭔가 자신이 정한 것은 간단히 굽히지 않는 성격이네.

으음~. 그러면~.

“그러면, 마사지를 하면서 뭔가 게임이라도 할까요?”

“게임입니까?”

“네! 그러면 아리스 쨩도 피로가 풀리고 나도 즐길 수 있으니, WIN-WIN이잖아요!”

“그런…… 것입니까? 아니, 아무리 그래도.”

“그래요! 그런 거예요! 자, 그러니까 얼른 엎드려요! 자!”

“앗, 네.”

반쯤 억지였지만 일단 마사지 받을 자세로 몰아넣는데

성공했다.

흠. 나 정도는 아닐지도 모르지만 아리스 짱도 피로가 쌓여 있나 보네. 잘 풀어줘야지.

“앗, 기분이 좋은 것이지 말입니다…….”

“그래요? 다행이네요. 남을 마사지해주는 거 참 오랜만이라.”

“방심하면 졸음이 쏟아질 것 같습니다…… 그런데, 방금 말했던 게임은 뭘 하는 것입니까? 이런 자세니까 할 수 있는 것도 적은 것 같습니다만.”

“아~.”

위험해. 기세에 휩쓸려 한 말이라 솔직히 아무 생각 없었는데.

뭔가 좋은 아이디어가…… 그렇지!

“오늘은 만우절이잖아요!”

“네? 아니, 오늘은 전혀 만우절이 아닙니다만?”

“사소한 건 됐어요! 우리가 만우절이라고 생각한 날이 만우절인 거예요! 어느 엽기 승부사[#19]도 만우절 2일차를 즐겼으니까 전혀 문제없어요!”

“그, 그렇군요. 알겠습니다!”

“그래서 말이죠. 만우절인 만큼 거짓말 맞히기 게임 같

#19 엽기 승부사 만화 『무적코털 보보보』에서 주인공인 보보보를 비롯해 엽기 승부를 하는 전사들을 칭한다. 본 작품이 2021년 모바일 게임 『그랑블루 판타지』와 4일간 만우절 기념 콜라보 이벤트를 진행했을 때, 이벤트 이튿날에 「만우절 2일차」라는 용어를 써 유저들에게 충격을 선사했다.

은 건 어떤가요?"

"거짓말 맞히기 게임?"

내가 즉흥적으로 생각한 게임으로, 룰은 정말 간단하다. 출제자와 해답자로 갈라져, 출제자가 몇 갠가의 거짓말과 하나의 진실을 말한다. 다음으로 해답자가 거짓말 속에서 그 진실을 맞힐 수 있는가를 겨루는, 어디선가 들어본 게임이다.

"그렇군요. 완전히 이해한 것입니다. 그러면 아리스가 문제를 내도 되는 것입니까?"

"얼마든지."

"그러면 지금부터 말하는 셋 중에서, 진실을 맞춰 주십시오!"

"자, 와봐라!"

"하나, 아까 아와유키 공을 마사지할 때 몰래 ㅇㅇ했다. 둘, 이 뒤에 감금할 예정이라 아와유키 공은 이제 평생 이 집에서 나갈 수 없습니다. 셋, 사실 저는 소우마 아리스가 아닌 그냥 일반인입니다."

"저 언 부 거 짓 말 이 면 좋 겠 어 요 ! !"

뭐가 정답이든 간에, 애는 뒤에서 무슨 짓을 하는 거야?!

싫어, 정답을 알고 싶지 않아! 이런 게임, 하지 말걸 그랬어! 아니, 그보다도 얼른 도망쳐야지!

"뭐, 전부 거짓말입니다만."

"……응?"

내가 당황하여 머리를 감싸 쥐자, 그녀는 사뭇 당연하게 말했다.

"아하하, 아까 아와유키 공이 오늘은 만우절이라고 하지 않았습니까? 그래서 거짓말을 했습니다. 한 가지 진실을 섞었다는 것부터 거짓말입니다."

…….

"이, 이 녀서억~!!"

"꺄~!! 가, 간지러운 것이지 말입니다~!!"

그제야 제멋대로 휘둘린 걸 이해하고, 앙갚음으로 올라탄 상태에서 간지럼 공격을 해줬다.

장난치는 사이에 아리스 짱의 옷이 조금 흐트러져서, 이 정도로 해둘까 생각한 그때였다.

"저기, 두 사람~! 엄마가 저녁 뭐 먹고 싶은지———으응?"

최악의 타이밍에 아버님이 방의 문을 열어 버렸다.

그 눈에 비친 것은 말타기를 한 나와 숨과 옷이 흐트러진 딸의 모습.

이, 이건…….

"애 엄마~! 주변의 모든 산부인과에 연락을 해줘! 새로운 생명이 곧 탄생한다!"

완전히 데자뷔잖아~!!

"후아……."

내 집에 있는 것보다 한 사이즈 커다란 욕조에 몸을 담그고 발을 뻗자, 무심코 입에서 나이에 안 어울리는 완전히 힘이 빠진 목소리가 흘러나왔다. 극락 같은 목욕 타임이다.

아리스의 집에서 목욕탕을 빌린 것인데, 넓은 목욕탕은 최근 유행하는 「사람을 글러먹게 만드는 시리즈」의 원조가 아닐까 하고 생각한다. 순식간에 몸에서 힘이 빠져나가고, 김과 함께 하늘로 올라가는 기분이다. 지금 나는 그야말로 연체동물이다.

일단 첫날은 이대로 아리스 쨩의 집에서 지내고, 이틀째는 둘이서 외출해 이 근처의 명소 등을 돌아볼 계획이다. 그러고 해가 지기 시작하면 신칸센을 타고 돌아갈 예정이었다.

그건 그렇고…… 지금 시각은 대략 20시쯤 됐는데, 그 사이에도 이 집안 특유의 갖가지 예측불가능한 일들이 나를 덮쳤다.

예를 들어 아리스 쨩의 마사지가 끝나고, 저녁식사를 대접받았을 때의 이야기다.

일가족의 단란한 공간에 실례하는 거니까 당연히 긴장했는데, 어머님이 만들어주신 갖가지 요리들 중에서 맛있어 보이는 햄버그를 먹기 시작했을 때 무심코 뿜을 뻔했다.

아니, 결코 맛이 없었다거나 그런 게 아니다. 내가 요리 초보긴 하지만, 오히려 맛은 가정 요리라고 생각하기 어려울 정도로 정성들인 일품이라고 느꼈다.

다만…… 겉모습과 맛이 전혀 일치하지 않았다.

내가 입에 넣은 것은 겉보기에는 햄버그였지만, 입 안에 퍼진 것은 고기의 감칠맛이 아니라 강렬한 단맛.

아마도 지금 이 요리는 겉으로 보기에만 햄버그인. 자허 토르테 초콜릿 케이크— 다시 말해서 디저트였다.

반대로 초콜릿 케이크로 보이는 햄버그도 있었다. 일류의 기술과 수고를 들인 그 모습을 보고, 엔터테인먼트를 통해 살아가는 몸으로서 감명을 받았을 정도다.

아리스 짱과 아버님이 그렇게 큰 반응을 보이지 않은 걸 보니, 아무래도 이 집안은 일상에서도 갖가지 개그를 안 부리면 성이 안 차는 곳인가 보다.

전에 방송에서 『네 가족은 라이브온이냐』라는 채팅을 본 적이 있는데, 아무래도 정답인 모양이다.

그러나 나도 성장을 모르는 게 아니다. 입욕중인 지금도 몸은 푹 쉬고 있지만, 이 가족의 대책으로 사소한 위화감이라도 느낄 수 있도록 눈과 귀를 갈고 닦아 두었다.

이번 입욕에서 한 가지 의문점이 들 것이다. —어라? 아리스 짱도 같이 하는 거 아냐? 라고.

의외로 아리스 짱이 이 아이디어를 거절했다. 「아와유키 공의 신성한 나체를 제 눈으로 더럽히는 것은 단죄물입니다!」라고 했다.

오늘의 그녀는 평소엔 초 적극적이면서 이상한 곳에서 shy한 경향이 있으니 이것도 본심일 수 있지만, 방심은 금물. 온갖 장소에서 침입할 것을 상정해둬야 한다.

"————헉?!"

지금 희미하게 탈의실에서 소리가 난 것 같은데?!

……틀림없다. 누군가 있어!

후훗. 아리스 쨩, 날 얕봤구나. 이번에는 예상이 적중한 내가 한 수 위였던 모양이야.

자, 언제든지 들어와라! 새침한 태도로 요격해주마!

"타앗! 아와유키 쨩의 젊은 나체에 이끌려 아리스 마마, 등장!!"

"아니 그쪽이 오는 거냐고오—?!"

설마했던 어머님이 타월 한 장을 두른 채 등장하자, 무심코 태클을 걸어버린 나였다.

앗, 참고로 어머님은 정말 그저 서프라이즈가 목적이었는지, 아무리 그래도 목욕탕까지 들어오진 않고 평범하게 돌아갔습니다…….

이런 일도 있었지만 목욕 자체가 나날의 피로를 상냥하게 녹여준 것은 틀림없다.

목욕을 마치고 잠옷으로 갈아입은 나는, 달아오른 몸이

식으면서 뭐라 말하기 어려운 나른함을 느끼며 아리스 쨩의 방으로 돌아갔다. 이 나른함이 절묘하게 졸음을 불러오니까 오히려 기분 좋기도 하다.

"아, 어서오십시오인 것이지 말입니다! 아와유키 공!"

"다녀왔어요. 목욕탕 쓰게 해줘서 고마워요. 앞으로는 목욕탕에서 살고 싶을 정도로 극락이었어요."

"그건 다행이지 말입니다! 아와유키 공이 쓸 이불도 깔아뒀습니다. 깔 장소는 어디든지 좋다고 했으니 가장 좋은 장소에 깔았습니다!"

그러고 보니 목욕하기 전에 그런 대화도 했었지. 잘 장소를 정하자는 이야기가 나와서, 아리스 쨩 전용의 침대가 있으니 나는 바닥이든 거실이든 아예 소파라도 괜찮다고 대답했다.

갑자기 찾아온 나에게 이불을 준비해준 것만 해도 감사할 따름이다. 「고마워요」 하고 감사 인사를 하고, 말린 머리를 정돈하다 시선을 아리스 쨩에게 돌렸는데—.

"자, 아와유키 공! 어서 오시지 말입니다!"

"…………아아, 그렇군요."

방의 상황을 이해하는데 몇 초의 로딩 시간이 발생했지만, 어떻게든 답을 이끌어냈다.

아니. 정말로 냉정하게 대응한 걸 칭찬해주고 싶을 정도야. 지금까지의 경험으로 내성이 생기지 않았다면 또 혼신의 태클을 걸어버렸을 거다.
분명히 내가 쓸 이불이 깔려 있었다. …………아리스 쨩의 침대 위에.
그러니까 알기 쉽게 말하자면——.
내가 덮을 이불.
내가 누울 이불.
아리스 쨩이 덮을 이불.
아리스 쨩의 침대.
이렇게 깔려 있는 것이다.
분명히 어디든지 좋다고 말했지만 이건 예상 밖이네……. 그리고 함께 자고 싶으면 이렇게 귀찮은 수단을 안 써도 평범하게 말하면 될 텐데…….
아무래도 이 상황에서는 아리스 쨩이 무거워진 이불의 중량에 뭉개질 지도 모른다. 그래서 그녀가 목욕하고 온 다음, 결국 평범하게 침대에서 함께 자기로 했다.
"이런 행운의 전개가 있다니…… 이것이 아리스 인 원더랜드란 것이지 말입니다!"
"그래요, 그래. 내일에 대비해서 얼른 자요~."

"쿠울…… 쿠울……."
문득 눈을 뜨자, 눈앞에 아리스 쨩이 규칙적인 숨소리를 내며 기분 좋게 잠들어 있었다.

시각은 날짜가 바뀌고 조금 지난 무렵. 아무래도 자다가 도중에 깬 모양이다.

자는 장소가 평소랑 다르기 때문일까? 몸이 아직 이 취침 환경에 적응 못 한 걸지도 모른다.

아직 졸리니까 이대로 다시 눈을 감으면 금방 잠들겠지만, 그건 그렇고 목이 마르네.

……좋아. 물을 한 잔만 마시고 오자. 이대로는 갈증이 신경 쓰여서 더욱 못 잘 것 같으니까.

아리스 짱이 깨지 않도록 조용히 몸을 침대에서 내리고, 방을 나섰다.

"어머?"

"히얏?!"

1층의 주방으로 가는 복도를 걷고 있는데, 갑자기 등 뒤에서 목소리가 들렸다.

전기가 꺼진 어둠 속이라 나답지 않은 소리를 내버렸지만, 돌아본 곳에는 아리스 짱의 어머님이 잠옷 차림으로 서 있었다.

"아, 아아. 어머님이셨군요."

"응. 이런 시간에 어쩐 일이야? 혹시 잠을 못 자겠어?"

"아뇨. 목이 말라서 물이라도 한 잔 마실까 해서요. 어머님은 이제부터 주무시나요?"

"응, 맞아. 남편은 먼저 잠들었지만."

"그런가요……."

그걸로 대화가 끊어져 버렸다. 뭐라 말하기 어려운 어색함을 느끼고 있자니, 어머님이 조금 생각하는 낌새를 보인 다음「그렇지!」하고 작게 말했다.

"저기, 이왕이면 자기 전에 둘이서 잠깐 얘기할까?"

"얘기요?"

"아주 조금이면 돼. 물 한 잔 마시면서! 어때?"

"네, 물론 괜찮아요."

식사에 쓴 테이블에 준비한 물을 마시면서 서로 마주 앉았다.

"다른 게 아니라, 아유미가 제대로 잘 하고 있는지가 신경이 쓰여서."

입을 열자마자 어머님이 꺼낸 말은, 부모로서의 걱정이었다.

"저기, 걔는 내가 말하는 것도 그렇지만 좀 개성이 강하잖아? 제대로 적응하고 있는지 걱정이 돼서."

그 표정과 말투는 완전히 자식을 걱정하는 부모였다. 그렇게나 기발한 분이라도, 역시 자식을 아끼는 건 다른 부모들과 다르지 않구나.

"현재는 문제없다고 생각해요. 아리스는 후배인 4기생이니 저도 완전히 파악하고 있는 건 아니지만, 문제를 일으켰다는 이야기는 들은 적이 없어요."

"정말? 다행이다~! 그 애는 우리들의 피를 이어서 정말로 무진장 활기찬 아이거든. 그런 부분도 귀엽긴 하지만, 『아직 부족해, 아직도 부족해』라며 하염없이 자기 마음을 채워 주는 걸 따라가는 경향이 있어."

"그건, 네. 잘 알 것 같네요."

"그렇지~? 그래서 주변 사람들과 잘 어울릴 수 있을지 너무 걱정이라……. 어쨌거나 오늘까지 무럭무럭 자라줬으니까 쓸데없는 걱정일지도 모르겠지만."

"하하핫. 분명 괜찮을 거예요. 적어도 라이브온은 평범한 사람이 오히려 붕 뜰 정도의 카오스한 환경이니까요. 제 생각이지만 아리스 쨩은 재미있어 보여요."

"그러면 안심이야! ……사실은 더 이야기하고 싶은데, 벌써 밤이 늦었잖아. 자기 전에 방해해서 미안해. 그럼 잘 자."

"네, 안녕히 주무세요."

어머님과 헤어져, 나는 방으로 돌아가 침대에 들어갔다.

그리고 옆에서 새근새근 잠들어 있는 아리스 쨩의 머리를 한 번 쓰다듬고, 나도 다시 눈을 감았다.

아리스 쨩의 집에서 묵은 다음 날, 아침 식사를 끝낸 나와 아리스 쨩은 이미 적당히 시원한 바람이 부는 밖을 걷고 있었다.

오늘은 기다리던 관광 데이다! 이대로 놀러 다니다 곧장 신칸센을 탈 예정이라서 벌써 부모님께 인사도 마쳤다.

"그러면 따라와 주세요! ……하지만, 정말로 어디로 갈지 제가 정해도 되는 건가요?"

"네. 현지인이 제일 추천하는 곳을 저는 보고 싶어요."

"그렇군요. 알겠습니다. 그러면 열심히 에스코트할게요!"

"고맙습니다. 그럼, 이거 받아요!"

"……응?"

내가 내민 손을 신기하단 눈으로 바라보는 아리스. 후훗, 자신의 예상을 넘어서는 일에 관해서는 둔하네요, 얘는.

"에스코트해줄 거죠? 그러면 손 정도는 잡아줘야죠. 나랑 떨어져 버릴지도 모르잖아요."

"읏?! 시, 실례했습니다! 전력으로 잡을게요! 평생 잡을게요! 차라리 이대로 꿰매서 떨어지지 않도록 하죠!"

"그건 완전히 호러잖아요. 보통 사람은 기겁할 거예요……. 뭐, 저는 익숙해졌으니 괜찮지만."

에스코트하겠다고 나선 아리스 짱에게 손을 이끌리면서, 나는 긴장을 풀고 관광을 즐겼다.

사람들 눈이 있는 이상 밖에서는 온라인에서의 신상을 숨기기 위해 서로 유키와 아유미 모드로 전환했다. 다양한 맛있는 명물 요리나 관광지를 안내해주는 아유미 짱이었지만, 부끄럼 타는 자신을 숨겨주는 가면을 모두 잃은 탓인지 묘하게 안절부절못한 게 조금 재밌었다.

그건 그렇고, 본 적 없는 것이나 먹어본 적 없는 걸 처음 접하는 건 나이를 먹으면서 신선함이 늘어난다는 걸 새삼 깨달았다. 딱히 여행이 취미가 아니라서 그럴지도 모르겠다. 하지만 여행 자체는 챠미 쨩과 유원지에 놀러 갔을 때처럼, 사소한 일 하나하나가 내 마음을 크게 흔드는 점도 있었다.

처음 접한 것으로 넘쳐 도로 아무것도 몰랐던 어린 시절하고는 명백하게 감동의 질이 다르다. 여행이란 좋은 거네. 다음엔 동기나 선배도 불러서 한번 가볼까.

해님의 근무 시간 끝을 앞두고, 배도 부르고 다리도 적당히 피로감을 느낄 무렵, 문득 아유미 쨩이 이런 제안을 했다.

이건 완전히 자기 어리광이며 관광하고는 상관없지만, 괜찮으면 한 시간 정도 나랑 같이 노래방에서 노래 부르고 싶다고 했다.

더욱이 이야기를 들어보니, 그녀는 나랑 같이 노래하는 것에 큰 로망을 가지고 있는 모양이다. 지금이 절호의 기회니까 말해봤다고 한다.

당연히 나도 거절할 이유 따위 없지. 여태 신세를 진 은혜도 있고, 애당초 나도 아유미 쨩이랑 노래해보고 싶었다. 몇 번이나 그녀의 노래 영상을 반복해서 들었을 정도로 아유미 쨩은 노래를 잘한다. 이쪽이야말로 영광이지.

둘이서 함께 노래할 수 있는 곡을 메인으로, 함께 긴장을 풀고 소리를 냈다.

"유키 선배는 역시 저랑 달리 목소리에 박력이 있네요. 음질의 차이일까요? 아니면 뭔가 발성법 같은 게 있나요?"

"음~ 글쎄요? 뭐라고 해야 할지, 뱃속……."

"배에서 소리를 내는 느낌인가요? 저도 의식하고는 있는데, 잘 안 되는 것 같아요……."

"아니, 조금 달라요. 뭐라고 해야 할지…… 뱃속의 스○○로에서 목소리를 내는 느낌일까요? 푸슉, 하는 느낌으로."

"유키 선배. 혹시 몸속에서 스○○로가 장기가 된 건 아니예요? 도저히 사람의 발성법 같지 않은데요……."

노래를 즐기는 사이에도 시간은 가차 없이 지나간다. 순식간에 노래방 시간이 끝나고, 드디어 역에서 헤어질 때가 되어버렸다.

아쉽지만 어쩔 수 없다. 개찰구 앞에서 아유미 쨩에게 작별인사를 했다.

“갑작스러운 부탁이었는데도 정말로 고마워요. 추억에 남는 멋진 이틀이었어요.”

“아아아뇨! 그냥 자기 집이라고 생각하고 팍팍 와주세요! 아예 시집오세요!”

“후훗. 매력적인 제안이네요. 하지만 다음에는 부디 내 집으로 놀러 와요. 혼자 살고 있어서 유쾌한 가족은 없지만, 환영할게요.”

“아, 네! 꼭 갈게요! 뭣하면 지금 갈게요! 제가 시집갈게요!”

“아, 아하하…… 밖에 나와서 말투는 달라도, 역시 알맹이는 평소랑 똑같네요…….”

정말로 따라오려는 아유미 짱을 힘겹게 말리고, 마지막으로 나는 지난 밤 어머님과 이야기했을 때부터 신경 쓰인 걸 물어보기로 했다.

“아유미 짱은, 부모님을 어떻게 생각해요?”

“제 아빠랑 엄마 말인가요? 갑자기 왜 그런걸?”

“아뇨, 그게…… 그렇지! 그렇게 즐거운 가족과 매일 지내는 건 어떤 느낌인지 조금 궁금해서요!”

“아, 그렇군요. ……가끔 참견이 좀 심하다고 할까요. 그래서 혼자 지내고 싶은 때도 없지는 않지만…… 누가 뭐래도 없으면 난처한 존재일까요? 아하하. 너무 가까운 사람이라서 이렇게 말하면 쑥스럽네요. 도저히 본인에겐 말 못 해요.”

"———좋은 부모님이시네요. 소중히 대해주세요."

"네? 그거야 물론이죠."

내가 말하자, 그녀는 뭘 당연한 소리를 하는 거냐는 반응을 보였다.

"……네."

그 모습을 보고 완전히 만족한 나는, 「또 봐요」 하고 말하며 개찰을 빠져나가 신칸센에 올라탔다.

자! 휴가도 만끽했으니, 내일부터 또 방송 열심히 달려볼까요!

네코마 선배와 똥망겜

아리스 쨩과 시간을 보내고 돌아온 다음 날. 오늘은 무려 네코마 선배가 저를 콜라보 방송에 불러주었습니다!

세이 님도 어젯밤부터 방송을 재개했으니, 조금 안심하고 방송을 할 수 있겠어. 역시 라이버 본인도 진심으로 방송에 임해야 시청자도 재미있게 볼 수 있으니까.

그러면 오늘 방송, 개막입니다!

"냐냐~앙! 오늘도 집사 여러분에게 인류사에 남겨진 오물을 소개하는 네코마다! 거기에 이번에는 스페셜 게스트가!"

"여러분, 안녕하세요? 오늘도 예쁜 담설이 내리고 있네요. 코코로네 아와유키입니다.

: 떴다 ———(ﾟ∀ﾟ)———!! 아와유키 쨩이다!!

: 사냥에 나선 우리 고양이가 스○○로를 잡아 온 모양입니다.

: 집사 일동 찐 당황.

: 이건 슈와 쨩이 아니라 아와 쨩이니까, 네코마가 잡아 온 건 청초한 미소녀라고.

: 집사 일동 찐 환희!

"그러고 보니 가끔 채팅창에 나타나거나 대규모 콜라보 기획을 같이 한 적은 있지만, 1대1 콜라보는 처음이네요! 네코마 선배, 어때요? 하레루 선배에게도 인정받은 이 아와유키의 카리스마가!"

"응~. 그렇네. 플레멘 반응이 멈추질 않는걸. 네코마~를 유혹하는 위험한 향기가 풀풀 나고 있어!"

"그렇죠, 그렇죠! 이 청초한 미색의 향취에 현혹되지 않도록 하세요! 그런데 플레멘 반응이라는 게 뭐였죠?"

"플레멘 반응이라는 건 말이야. 고양이나 일부 동물이 주로 강렬한 냄새를 맡았을 때 하는 생리 현상을 말하는 거야!"

"때립니다?"

"네코마 같은 희귀 동물을 때리면 번장이 나타날걸?"

"빙빙 돌려 말하지 마시고 솔직하게 사형시킨다고 해주세요."

“냣?! 아무리 네코마라도 『번장이 온다 = 사형』이란 생각은 안 했거든?!”

자, 새삼스레 히루네 네코마 선배의 간단한 소개를 하지. 이 자그마한 동물 소녀는 어째서인지 인류가 만들어낸 지혜의 결정이 넘치는 이 멋진 세상에서, 인류사의 오점이 아닌가 싶은 똥망겜, 똥망영화 등을 아낌없이 사랑하는 오물 중독자다.

이 시점에서 이미 『아아, 라이브온이구나』란 느낌이 든단 말이지…….

평소부터 이미 말한 애호품을 시청자인 집사에게 소개하는 방송을 자주 하고 있는데, 역시 엔터테인먼트는 리액션 담당이 있으면 분위기가 살아나잖아? 그래서 가끔 게스트를 부르는데, 오늘은 내가 불려온 것이다.

이미 이 단계에서 터무니없는 걸 소개할 것이 눈에 선한데다가, 오늘은 술을 마시지 않기로 한 날. 솔직히 제정신을 유지하기 힘들지만, 동경하는 선배에게 불려온 기쁨이 너무 커서 거절한다는 선택지는 없었다. 힘내야지……. 그리고 사실 네코마 선배에게 물어보고 싶었던 것도 있으니까, 그 점에서도 마침 잘 됐어. 방송이 끝나고 그것도 물어보자.

“그러면 인사는 이 정도로 하고 본론으로 들어갈까~. 오늘 아와유키 쨩에게 소개하는 건 게임이야!”

"갓겜을 희망합니다."

"물론 똥망겜을 할 거야!"

"……지금부터라도 괜찮으니 애니카로 변경하지 않을래요? 그게 분명히 재미있을 거예요."

"미안, 아와유키 쨩. 네코마는 이제 똥망겜이 아니면 만족하지 못하는 몸이 되어버렸어."

"특수한 몸이로군요……."

"스○○로 빨고서 인격이 바뀌는 네가 할 말은 아닌 것 같아."

: 라이브온의 채용 기준엔 뭔가 빨아야 한다는 게 있을 것 같다.

: 면접관「우선 지망 동기와 빨고 있는 걸 가르쳐 주세요」

: ㅋㅋㅋㅋ

: 그럼 똥망영화라면 괜찮지 않나?

"아니, 내가 피하고 싶은 건 똥망 부분이니까 그러면 별 차이 없잖아요……."

: 그러면 포르노 영화로 하자. 이거라면 아와유키 쨩도 좋아하겠지.

: BAN 불가피ㅋㅋ

: 바로 요전에 동기가 수익화째로 당했는데 전혀 교훈을 못 얻음ㅋㅋ

: 동물의 교미 영상이라고 하면 허용되지 않을까? 아님

말고.

: 네코마~니까 동물 소녀물로 보자.

: 네코마도 동족이 냥냥하는 영상에 생긋. 평화로운 세계의 탄생이다.

"냐냥?! 아와유키 짱이라면 모를까, 네코마~는 그런 걸론 만족 못 해! 애당초 동물 소녀 AV라는 건 일종의 코스프레물이랑 다를 바 없잖아~!"

"자연스럽게 저를 변태 사이드에 두지 마세요. 오늘의 저는 청초하니까요!"

: 아니, 여배우한테 진짜 귀랑 꼬리 나 있던데? 덕분에 딸성도가 높았어.

"냐냥?! 지금 채팅 친 시청자, 지금 당장 그 영상을 전 세계 연구기관에 제출하세요. 딸성도 따질 때가 아냐."

"어머나, 대화가 참 저속하네요! 저는 이런 거 질색이랍니다!"

"너도 연구기관에 보내줄까?"

: 실시간 세기의 대발견ㅋㅋㅋ

: AV니까 세기의 대발견인 동시에 성기의 대발견을 했겠지.

"화제를 되돌려서…… 아와유키 짱. 사실 이번 게임은 똥망겜은 똥망겜이라도, 평소 기획할 때 소개하는 거랑은 한 차원 다른 특별한 거야."

"어, 그런가요? 특별하다면 어떤 부분이?"

"아와유키 쨩. 네코마의『나의 이야기』를 들어줄 수 있어?"

"싫어요."

"칼 같은 거절?! 아와유키 쨩, 그건 하레루의 라이브에서 그 완전 눈물 빼는 자기 이야기를 칼거절한 것과 실질적으로 같아! 라이브장에서 엄청난 부잉이 가득할 거야! 하레루 선배도 슬퍼서 오열할 거야!"

"하레루 선배처럼 센티멘털한 이야기인가요?"

"냐냥! 감동한 나머지 현자 타임이 올 게 틀림없어! A○R[#20]의 피날레에서 골인하는 거랑 동급의 감동이야!"

"그건 장난 아니네요. 탈수 증상으로 죽지 않도록 스○○로 준비해뒀어야 할지도 모르겠어요."

: 반항기 시작한 아와유키 쨩, 최고다.

: 쑥쑥 성장하는 모양이라 다행이야.

: 하레루「곡명은『나의 이야기』. 들어주세요」아와유키「싫어요」하레루「?!」

: 상상하니까 진짜 웃김ㅋㅋ

: 관객석에서 아와유키를 향해 빈 스○○로 캔을 던지고 있을 듯.

: 펜 라이트 같은 감각으로 라이브에 빈 캔을 가져오지 마.

: 네코마~의 자기 이야기라면 똥망일 게 분명해.

#20 A○R 2000년 Key에서 발매한 연애 어드벤처 게임『AIR』. 당시 비주얼 노벨 게임 중에서는 드물게 감동적인 시나리오를 중점으로 둔 작품으로, 많은 유저를 울리고 20년이 지난 지금도 명작으로 손꼽힌다.

"있지, 아와유키 쨩. 이 네코마는 흑역사에 매료된 뒤부터, 동서고금의 온갖 똥망겜과 똥망영화를 즐겨왔어."

"네. 잘 알고 있어요. 진심으로 유감입니다."

"유감……? 뭐, 일단 됐어. 그래서 말이야. 솔직히, 요즘 포화 상태가 되어버렸단 말이지."

"포화 상태라고 한다면?"

"전부 다 즐겼다고 할 수도 있지. 물론 이 세상 모든 똥망겜이나 똥망영화를 즐긴 건 아니지만, 유명한 건 망라해버렸어. 이 업계에서 유명하다는 건 그만큼 똥망 요소가 강하다는 것. 마이너한 걸 찾아내도 유명한 것과 비교하면 영 평범한 느낌이라서, 네코마는 좀처럼 감동할 수 없게 되고 말았어……. 물론 신작이 나오니까 앞으로도 흑역사는 생기겠지만, 최후의 검[#21] 같은 빅 히트작이 매년 나오는 게 아니니까. 그리고 영화라면 또 모를까, 게임은 해마다 기술의 성장으로 인해 개발에 들어가는 코스트가 상승해서, 어중간한 마음이나 각오로는 발을 들일 수 없는 업계가 됐어. 솔직히 요즘 똥망겜은 태반이 평범히 즐길 수 있는 것들이야."

"평범하게 즐길 수 없는 게임이 이상하다니까요."

"그렇지만 네코마는 똥망영화뿐 아니라, 그와 똑같이 똥

#21 최후의 검 한국 인디 게임 회사가 2019년에 개발한 게임, 『파이널 소드』. 최신 게임이라곤 믿기 어려운 수준의 그래픽에 게임성이 난해하다는 평가를 받았다. 젤다의 전설 시리즈의 한 OST와 유사한 BGM을 사용했다는 이유로 닌텐도 스위치 버전이 서비스 개시 4일 만에 판매 중지되며 화제가 되었고, 이후 일본에서 역으로 컬트적인 인기를 끌었다.

망겜도 좋아한단 말이야! 눈길을 돌리고 싶어지는 영상을 억지로 봐야 하는 똥망영화의 고통도 좋아하지만, 스스로 고통에 발을 들이밀고 나아가야 하는 똥망겜 또한 관능적이지……. 네코마는 똥망겜의 쇠퇴 따위 보고 싶지 않아! 영원히 흑역사를 만들어갔으면 좋겠어……."

"전혀 제 말이 안 들리나 보네요……."

"그리하여, 네코마는 사랑스러운 똥망겜의 미래를 한탄하고 있었지. 그러던 어느 날 그 사랑이 신에게 닿았는지, 정수리에 벼락을 맞은 것 같은 충격적인 번뜩임이 있었어!"

"네에……. 그 번뜩임이란 뭔가요?"

"똥망겜이 부족하다면, 스스로 만들어 버리면 되는 거다냥!!"

"개다래라도 빨았어요?"

"어, 어라? 이상하네. 지금 이게 제일 감동적인 포인트였는데, 반응이 예상이랑 다른걸? 골인 안 했어?"

"고올~은커녕 저랑 반대 방향으로 걸어가니까 그저 당황할 뿐인걸요. 어딜 가는겨~ 하는 느낌이에요."

"아와유키 쨩은 감성이 별나네……."

"그 말 그대로 돌려드릴게요. 정말이지, 하레루 선배의 『나의 이야기』를 본받으세요!"

"잠깐! 그때의 하레루 선배를 재현해줄 수 있어?"

"좋아요. 어흠. ♪———♪"

"아~ 그래! 그런 느낌이었어! Foo~! 역시 라이브온 1기생은 멋지다!"

〈아사기리 하레루〉: 싫어어어~!! 그만둬어어~!! 이런 곳에서 보여주지 마아아아아아!!

: ㅋㅋㅋㅋㅋㅋ

: 하레루다!

: 갑자기 조직적인 정신 공격에 빵 터짐ㅋㅋ 부끄럼 타는 하레룽, 귀여워!

: 부끄럼 타는 하레룽이라니, 흔히 볼 수 없는 레어한 모습이잖아!

: 유일하다고 할 수 있는 약점이니까.

: 아와유키 쨩, 걸핏하면 이걸로 하레룽 놀리려는 게 사이 좋아 보여서 완전 좋아.

: 개다리 허브는 위험하다고요!

하레루 선배, 우연히 보러 와준 건가?

"아무튼, 이야기를 되돌려서…… 영화는 우리들이 만들기 어려울지도 모르지만, 상업 목적이 아닌 프리 동인 게임이라면 네코마라도 만들 수 있지 않을까? 라고 생각한 거지! 그리고 당연히 자체 제작이니까 네코마가 마음대로 게임을 만들 수 있다는 거지……."

"네코마 선배 마음대로? 서, 설마?!"

"자! 여기서 이번 기획을 상세하게 설명한다! 아와유키 짱은 지금부터 『네코마가 만든 혼신의 똥망겜을 플레이』 하는 거야!"

기다리셨다는 듯 선언하는 네코마 선배. 그와 반대로 내 얼굴에서 핏기가 사라지는 걸 느낄 수 있었다.

"잠깐 기다려 주세요, 네코마 선배! 저는 오늘 똥망겜을 한다는 설명만 듣고 왔는데요?! 들었던 거랑 달라요!"

"응. 그러니까 『네코마가 만든』 똥망겜을 하는 거야. 거짓말은 안 했지."

"맙소사……."

"좋았어! 그렇게 됐으니 아와유키 짱, 이제 게임 시작하자!"

"시, 싫어어! 네코마 선배가 만든 게임이라면 이 세상에서 제일 오물에 가까운 전자 쓰레기가 틀림없잖아!"

"터무니없이 신랄한 말을 하잖아…… 청초란 대체……."

뭐라 말할 틈도 없이 화면에 표시되는 게임 화면. 아무래도 나는 장난을 좋아하는 고양이에게 방송 시작하자마자, 아니 그전부터 휘둘리고 있었던 모양이다.

이제부터 분명 방송 끝날 때까지 예상도 못할 일이 연속으로 이어지겠지. 나는 지지 않으리라 결심하며 자세를 고치고, 기합을 넣었다.

하레루 선배, 지켜봐 주세요! 라이브온에서 단련된 저의 멘탈로 똥망겜 따위 순식간에 클리어하겠어요!

……잠깐, 말하는데 똥망이란 단어가 대체 몇 번 나오는

거야…….

“오늘 아와유키 짱이 플레이할 게임은 이거! 『네코마~퀘스트』다!”

더 이상 기다릴 수 없다는 기색으로 화면에 표시된 게임 타이틀을 읽는 네코마 선배.

판타지스러운 배경과 이 타이틀…… 어디선가 본 적이 있는데…….

“이건 모 드래곤한 명작 RPG 아닌가요?”

“냐하하. 원본이 뭔지는 너무 티 나지? 실제로 위에서 내려다보는 2D 형식 RPG니까, 게임 시스템은 초기의 것을 통째로 베낀 거야. 그래도 괜찮아! 원본이 아무리 명작이라도 네코마의 손으로 똥망겜화시켰으니까 그건 걱정 안 해도 돼!”

“더욱 걱정되는데요……. 그리고 RPG라면…… 방송 시간 괜찮을까요?”

RPG라면 클리어까지의 시간이 길어질 수밖에 없다는 이미지가 있다. 플레이한다고 해도 게임의 매력……이라기보다 오점?을 너무 보여주지 못하는 게 아닐지 스트리머로서 불안이 생기지만, 네코마 선배의 반응을 보니 문제없는 모양이네.

“아니, RPG라고 해도 생각 이상으로 금방 끝나. 평범하게 진행하면 한 시간 정도로 클리어할 수 있을 거야. 네코마도 게임 만드는 거 이게 처음이었으니까, 그렇게 공들인 건 못 만들었어."

"그렇군요. 진심으로 안심했어요. 고행이 금방 끝나겠군요."

"어, 어라? 방송 시간을 걱정한 게 아냐……? 뭐, 됐어. 실제로 이번에 네코마~ 퀘스트는 처음으로 게임을 만든 거라 실험적인 측면이 강하거든. 본격적인 똥망겜이라기보다, 오리지널 요소 속에 네코마가 좋아하는 똥망겜의 패러디를 섞은 바보 게임이라고 생각하면 돼. RPG 디자이너로 만들었는데, 이 볼륨이라도 농담이 아니라 힘들었어……."

"그 노력을 더 다른 일에 쓸 것을 권장하고 싶은걸요……. 지금까지는 이상한 점이 없네요. 아니, 타이틀 화면부터 이상했으면 게임 시작 이전에 화면째로 쪼개버렸겠지만요."

"모니터 군을 위해서 하다못해 언인스톨 해줘."

: 나도 네코마~의 게임 하고 싶다!

: 일반 배포를 희망합니다.

: 터무니없는 바이러스가 있을 것 같다.

: 네코마~에게 받은 바이러스는 포상이지. PC가 재기불능이 될 정도로 엉망진창이면 좋겠다.

: 네코마~의 집사 훈련 수준이 장난 아닌데?

: 집사가 훈련을 받는 거냐……?

: 바이러스하니까 생각났는데, 옛날에 바이러스 대책 없

이 노트북을 썼더니 온갖 바이러스에 당해서, 최종적으로 바이러스 배양소가 됐었어. ¥500

: 어어, 음…….

: PC에 바이러스를 사육하다니 참신해서 웃기네.

"그리고, 생각보다 BGM이 참 좋네요."

타이틀 화면에 흐르는 배경음악은 동일한 멜로디의 반복으로 구성된 심플한 곡인데, 정말 좋아 계속해서 듣고 싶을 만큼 차분한 곡이었다.

"어디서 찾은 무료 BGM인가요?"

"아, 그건 이 게임을 위해 하레루 선배가 만들어준 오리지널 곡이야!"

"네에?!"

예상 밖의 말에 무심코 놀란 소리를 질러버렸다.

"하레루 선배가?! 일부러 작곡해 주신 건가요?!"

"그럼! 부탁했더니 하룻밤 만에 만들어줬어!"

"이런 네코마 선배의 배설물을 위해서?!"

"아까부터 매도의 말이 지저분하다냥~."

〈아사기리 하레루〉: 예~이!

: 이게 진짜 재능을 시궁창에 버린다는 거군.

: 아와 쨩의 태클만 들으면 네코마가 방송에서 실례한 것처럼 들리잖아ㅋㅋ

: 뭐, 토했던 사람도 옆에 있으니까 실례 정도는 괜찮겠지.

: 우리들의 최애는 지저분하네.

: ㅋㅋㅋㅋ

〈아사기리 하레루〉: 곡명은 프레브류류류류류드야.

: 화장실에서 흘러나올 것 같은 곡이네.

아까부터 어째서 하레루 선배가 보러 온 걸까 했더니, 설마 공범자였냐! 네코마 선배랑 함께 똥망겜에 열 받은 나를 보면서 즐길 셈이구나!

방금 마음속으로 지켜봐 주세요, 라고 했던 거 취소한다! 보지 마! 집에 가!

……다음에 시청자와 라이브 영상 동시 시청 기획이라도 해서 복수해야지.

"역시 똥망겜에는 이상하게 배경음악이 좋은 경향이 있으니까! 하레루 선배의 협력에 감사해!"

"안 되겠어. 이대로는 마지막까지 태클 걸 힘이 남질 않아. 슬슬 게임을 시작하자……."

굳게 결심하고서 『처음부터』 버튼을 눌렀다.

그러자, 새까만 공간의 중앙에서 신비로운 빛이 고동치는 것처럼 커졌다 작아지는 영상이 흐르기 시작했다.

"이건 혹시…… 오프닝 같은 건가요?"

"정답~!"

잠시 화면을 바라보자 빛의 고동이 약해지고, 이윽고 몇 초 멈췄다 싶더니 갑자기 폭발하는 것처럼 화면을 뒤덮었다.

이내 빛이 걷혔을 때, 시야에 펼쳐진 것은 흔히 보이는 탑뷰 시점의 게임 화면이었다.

"어쩐지 의미심장한 오프닝이었네요……. 일종의 복선인가요?"

"냐하하하!"

웃기만 하고 아무 말도 없는 네코마 선배.

스토리 같은 것도 제대로 짜둔 건가? 그렇다면 조금은 클리어하는 데 모티베이션이 생길 텐데…….

: 이 빛…… 어디서 본 적이…….

: 로망…… 부조리…… 아저씨……[#22] 윽, 머리가!

"앗, 이제 움직일 수 있네요. 여기는 마을 안인가요?"

"드디어 게임 시작이다! 일단 위쪽에 왕성이 있으니까 거기로 가서 임금님한테 이야기를 들어줘."

"보통 게임이라면 두근거리겠지만, 똥망겜이 시작된다고 생각하니까 마음이 무거워서 가기 싫어지네요……. 아래로 가도 되나요?"

"그래도 되지만, 그러면 마을 밖으로 나가는데?"

"무슨 문제가 있나요?"

"임금님 얘기를 안 들으면 플래그가 안 서니까, 밖에 나가면 게임이 다운되거든?"

#22 로망…… 부조리…… 아저씨…… 1998년 일본에서 발매된 RPG 『앤션트 로망 ~ Power of Dark Side』. Ancient(에이션트)를 잘못 읽어 위 제목이 되었다. 그래픽, 스토리, BGM 모두 혹평 받았는데, 특히 오프닝 영상에서 개연성 없이 대규모 폭발에 휘말려 가루가 된 모브 아저씨 캐릭터가 유명해져 본의 아니게 이 작품을 대표하는 인물이 되었다.

"다운돼요?!"

"그럼!"

"시작의 마을이 어떤 의미로 월 마○아[#23]보다 위험한 장소라서 깜짝 놀랐는데요……. 그리고 그거, 버그죠? 그 정도는 좀 고치세요."

"아니, 내가 일부러 넣었어."

"뒷구멍에 꼬리를 박아버린다?"

"냐냥?! 드디어 태클에서 협박으로 바뀌었다?! 이건 그거야! 독으로 독을 제압한다는!"

"네코마 선배에게 그럴진 몰라도 저한테는 그냥 독이에요. 제 특성은 포이즌힐[#24]이 아니라니까요."

갑자기 불평을 마구 쏟아내고 싶어졌지만, 이 정도라면 임금님과 이야기만 하면 되니까 순순히 왕성으로 가자.

"이 마을의 BGM도 하레루 선배가 작곡했나요?"

"아니, 여기서부턴 무료 음원을 썼어. 모든 곡을 작곡하는 건 아무리 그래도 하레루 선배의 부담이 커지니까."

"이런 게임을 위해서 단 한 곡이라도 작곡시키는 건 엎드려 빌 사안이에요."

"작곡은 하레루 선배가 제안했는걸? 게임을 만들 생각이

#23 월 마○아 만화 『진격의 거인』에서 거인의 습격으로부터 인류를 지키기 위해 세워진 세 개의 거대한 방벽 중, 최외각에 위치한 월 마리아. 이야기 초반에 거인의 침공을 받아 함락되고, 식인 거인들이 활보하게 된 위험 구역이다.

#24 포이즌힐 게임 『포켓몬스터』 시리즈에 등장하는 포켓몬의 특성 중 하나. 일반적으로 독 상태에 걸린 포켓몬은 매턴 체력을 상실하나, 이 특성을 가진 포켓몬이 독 상태일 경우 역으로 체력을 회복한다.

란 말을 했더니 본인이 작곡해주겠다고 했어."

"천재랑 바보는 종이 한 장 차이란 건가요……."

중간에는 별 문제없이 임금님 앞에 도착했다. 들은 이야기를 요약하면 『마왕 탓에 세상이 위험하니까 용사의 힘을 가진 자네가 쓰러뜨려주게나』 같은, 너무 왕도적이라 반응하기 어려운 수준의 이야기.

"냐냥. 이제 마을 밖으로 나가도 괜찮아~."

"알겠어요. 그러면 얼른 벽 밖으로 갈까요."

곧바로 마을 출구를 빠져나가자, 화면이 암전됐다. 마을은 바깥이랑 심리스로 이어진 게 아니었으니까, 월드맵으로 나온 걸까?

그리고 암전된 화면이 5초…… 10초…….

"저기…… 이거 다운된 거 아닌가요? 화면이 까만 채 변화가 없는데요……."

"아니, 이건 그냥 로딩 시간이야!"

"그런가요……."

그리고 더욱이 20초 정도 기다리자, 드디어 화면에 색이 돌아왔다.

"오, 월드맵으로 나왔네."

"저기…… 조금 시험해보고 싶은 게 있어서 마을에 돌아가도 될까요?"

"냐? 물론 그 정도는 전혀 상관없어!"

이 긴 로딩 시간을 보고, 나는 어떤 예감이 스쳐서 네코마 선배에게 허가를 받아 마을에 돌아왔다.

처음에는 첫 월드맵이니까 로딩이 긴 건가? 하고 생각했는데, 이건 네코마 선배가 만든 게임이다. 설마…….

화면이 다시 암전되고, 예상의 해답을 확인하는 공허한 시간이 흘렀다.

5초…… 10초…….

스으―――읍.

"네코마 선배."

"냥."

"이 빌어먹게 긴 로딩 시간…… 매번 이래요?"

"응."

"일부러 이랬어요?"

"응."

"그렇군요, 그런 거군요, 그런 거였나요. 좋아, 법정에서 만납시다."

"화내는 방식이 한 바퀴 돌아 청초해져서 공포를 느낀다냥."

"그야 화나죠! 저희들은 스트리머거든요?! 로딩으로 화면이 까매질 때마다 30초 프리토크로 방송을 유지하라고?! 못하는 건 아니지만 게임이랑 왔다갔다 하는 거 지치잖아! 그런 걸 당연하게 할 수 있는 건 타○리 씨 정도밖에 없어!"

"뉴후후, 타모ㅇ[#25] 씨 아니랄까봐 검은 화면이구나."

"……아?"

"앗, 지금 그건 ㅇ모리 씨의 트레이드 마크가 선글라스니까, 로딩 화면이 까만 것과 선글라스를 통해서 시야가 까매지는 걸 말이지…… 잘 전해지질 않아서 미안해……."

"너는 어제 막 데뷔한 신인이냐?! 그런 토크 스킬로 이 빌어먹게 긴 로딩 시간을 극복할 수 있을 리 없잖아!! 제작자가 솔선해서 스트리머 죽이기에 당하면 어쩌라고?!"

"냐하하! 아무리 그래도 농담이지! 아와유키 쨩의 반응이 좋아서 재밌어졌어!"

"이익—!"

"지금 그건 칭찬이거든? 리액션이 좋다는 건 스트리머에게 소중한 재능이니까. 이 방송에서 시청자가 기뻐해주는 것도 그 재능 덕분이잖아?"

"그럴 지도 모르지만, 이제 와서 칭찬을 하셔도…… 뭐, 좋아요. 시험해보고 싶었던 게 끝났으니까 마을 밖으로 돌아갈게요."

"앗, 잠깐 기다려!"

"네?"

#25 타모ㅇ 일본의 국민 MC이자, 개그계의 BIG 3라 불리는 인물. 어린 시절 사고로 한쪽 눈을 잃었기 때문에 한때 애꾸눈 안대를 했고, 오늘날은 그의 트레이드 마크인 짙은 선글라스를 쓴다. 워낙 즉흥적인 토크 능력이 뛰어나 수많은 방송을 통해 사랑받아왔다.

로딩도 끝나고 완전히 맥이 빠져 있었기에, 네코마 선배의 제지에도 불구하고 나는 그대로 마을 밖에 나가 버렸다.

"무, 무슨 일인가요?"

"무슨 일이냐면, 게임이 다운됐어!"

"네에?!"

다운?! 지금 이걸로?! 어째서?! 난 아무것도 안 했는데!!

"아까 임금님한테 이야기 듣는 플래그를 안 세우고 밖에 나가면 다운된다고 했잖아?"

"네? 하지만 그건 아까 했잖아요!"

"그게 처음에만 그런 게 아니라 매번 해야 하는 거야."

어? 처음에만 하면 해결되는 게 아니고?

…………………….

"구와아아아아아아아악——!!"

"냐냥?! 위험해! 아와유키 쨩의 리액션이 드디어 바○오의 좀비 같아졌어! 자자, 진정해! 심호흡하고~."

"스읍…… 하아…… 스읍…… 하아……."

"좋아~ 착하지! 뭐, 실제로는 이거 로딩 시간을 3백만 시간으로 설정한 것뿐이지 다운 된 건 아니지만 말이야! 냐하하!"

"히힛힛힛히하아~! 히힛힛힛히하아~!"

"이번엔 호흡 소리가 바이○ 4의 레헤네라○르 같아졌어?!

: 그리운걸, 4는 명작이지.

〈아사기리 하레루〉: 레헤네라 땅, 귀여워서 좋아.

: 아이언 메이든 쌍이 귀엽단 말이지.

〈아사기리 하레루〉: 뭐? 그런 강모투성이라서 고슴도치 같은 녀석보다 맨들맨들 피부가 예쁜 레헤네라 땅이 더 귀여운 게 당연하잖아?

: 천재(웃음)인 탓에 미적 감각에 버그가 걸렸습니다ㅋ

〈아사기리 하레루〉: 어차피 레헤네라 땅이 너무 귀여우니까 아슬아슬하게 손이 닿을 것 같은 쪽으로 도망친 것뿐이지. 그런 생각을 하니까 아마 메이든도 너를 싫어하는 거야 ㅋㅋㅋ

: 애슐리파입니다.

〈아사기리 하레루〉: 어⋯⋯ 애슐리파라니, 진짜냐? 취향이 너무 특수하지 않아?

: 촌장파라면 간신히 이해할 수 있지만 애슐리는 위험해. 진짜 위험해⋯⋯.

: 민주주의의 어둠을 봤다.

개막부터 내 의지를 마구 꺾어댔지만 마침내 시작된 네코마~ 퀘스트.

듣자니 마왕이 있다는 마왕성 말고도 미니 던전이 둘 존재한다. 처음부터 마왕성에 갈 수도 있지만, 미니 던전을 클리어해서 동료와 장비와 레벨을 정비하고 도전하는 쪽을 추천받았다.

"그러면 이쪽 미니 던전부터 가볼까요?"

던전까지 가는 길에 적과 마주치는 일도 있었지만, 지극히 평범하네……. 턴제 게임에 흔한 배틀 시스템인데, 기본적으로 때리고 체력이 줄어들면 약으로 회복하기만 하면 되는 거라 어떻게든 넘어갔다. 마법도 배웠지만, 쓰지 않아도 충분히 진행할 수 있었다.

"의외로 간단하네요."

조금 안심하고 그런 말을 한 직후에 어쩐지 『사라만도』라는 적과 조우해서 『카리우를 던졌다』라는 정체불명의 공격을 맞았더니 아무런 행동도 할 수 없게 된 데다 꼼짝도 못하고 두들겨 맞아서 폭발할 뻔했지만, 어떻게든 두 번째 도전에 미니 던전까지 도착할 수 있었다.

"드디어 도착했다…… 로딩 시간이며 탐정의 재능이 없는 오키테가미 ㅇ코[#26] 같은 임금님 탓에 시간이 걸렸네요……. 그리고 사라만도는 절대 용서 못 해요. 카리우[#27]란 건 대체 뭔데?"

"카리우는 『별을 보ㅇ 사람』이란 게임에서 따왔어. 다들 체크 필수!"

#26 오키테가미 ㅇ코 니시오 이신의 소설 『망각 탐정』 시리즈의 주인공. 잠들면 본인의 기억이 초기화되기 때문에 대부분의 사건을 하루 안에 해결한다는 최속의 탐정. 고객의 정보 누설 걱정이 없다는 걸 세일즈 포인트로 내세운다.

#27 카리우 1987년 일본에서 발매된 RPG 『별을 보는 사람』에 등장하는 용어. 작중에서 적 몬스터가 던진 카리우를 맞으면 캐릭터들은 행동불능 상태에 빠진다. 전투 중에는 이 상태를 회복할 수 없는 데다 게임 후반부에 사라만도라는 적이 이 공격을 수시로 써 게임 오버되는 일이 잦아 유저들의 원성을 샀다.

"아~ 꽤 옛날에 네코마 선배가 방송에서 소개한 걸 본 적이 있을지도 몰라요……."

그런 잡담을 하면서 던전에 들어가자, 입구 부근에서 마찬가지로 이 던전을 공략하려는 성직자『대니』라는 캐릭터와 만나 의기투합하여 동료가 되었다.

"오, 파티 멤버가 늘었다! 이제 카리우를 맞아도 어떻게든 되겠네요!"

"대니는 회복 마법이 특기인 힐러야!"

대니는 상당히 우수한 캐릭터였다. 캐릭터의 행동은 자동으로 선택되니까 내가 지시를 내릴 수는 없지만, 공격력은 상당히 낮은 대신 단일 개체 회복 마법『힐』을 쓸 수 있다. 다치면 회복해주는 아군이 있기만 해도 약의 소비가 압도적으로 줄어드네. 위태롭지 않게 던전을 클리어하고 강력한 무기『용사의 검』을 입수할 수 있었다.

처음으로 게임이 순조롭게 진행된 것에 감동한 나였지만—던전에서 돌아가는 길에 그 일이 일어났다.

던전을 공략하여 동료가 된 당시보다 레벨이 오른 대니가 새로운 마법인『저지먼트』를 습득했다.

저지먼트는 맞히기만 하면 적 하나를 즉사시키는 마법으로, 이걸로 공격에도 참가할 수 있게 될 거라고 기대를 했는데…… 그 직후의 전투에서 나는 말을 잃었다.

적의 공격을 받아 평소라면 회복 마법을 걸 국면인데,

대니가 나에게 저지먼트를 사용해 즉사시킨 것이다.

"네코마 선배…… 이건?"

"냐하하, 사실 이 대니는 대미지를 받은 아군이 있을 때 그 녀석에게 자기가 배운 최상급 마법을 쓰도록 프로그래밍했거든. 지금까지는 최상급 마법이 힐이었으니까 괜찮았지만, 지금은 저지먼트가 최상급이니까 가차 없이 아군이 약해졌을 때 죽이려고 하는 거지."

"터무니없는 사이코패스잖아~!! 아니 그럼, 앞으로 다음 회복 마법을 배울 때까지 계속 대니는 아군에게 즉사 마법을 사용한다는 말인가요? 모 멋진 세계에서조차 본 적 없는 변태가 되는 건가요?!"

"아니. 이 이상 회복마법은 없어. 다음에 배우는 『라스트 저지먼트』가 마지막이지. 효과는 전체 즉사야. 이걸 배우면 대니는 적과 아군을 가리지 않고 광범위 즉사를 연발하는 살육 머신이 된다냥!"

"타락해버렸잖아! 힐러 역할은 어쩌고?!"

"뭐, 당연히 MP가 없으면 마법 대신 평타를 쓰지. 개미 눈곱만한 위력이지만."

"아아, 그렇군요. ……뭐, 고기 방패라도 되어준다면야."

"참고로 경험치는 분배 방식이니까, 대니를 죽이면 경험치를 독점할 수 있어."

"좋았어, 대니. 너는 파티에서 빠져라."

나는 가차 없이 대니를 공격했다.

: 전체 즉사 배우는데 전체 회복이 없는 게 실화냐ㅋㅋ

: 살의가 장난 아닌데?

: 약해진 아군에게는 즉사가 실패해도 MP가 바닥칠 때까지 연타하는 주제에, 자력으로 상처약으로 회복하자마자 아군인척 하는 거 보고 복근 파열되는 줄ㅋㅋㅋ

: 라스트 저지먼트를 배운, 몰살의 대니 같군.

: 힐은 힐이라도, 악역이라는 뜻의 힐(heel)이었을 줄은.

"냐냐~앙. 그러면 또 하나의 던전도 가볼까!"

"일단 마을로 돌아가서 회복 아이템을 보충하고 나서요. ……어차피 또 제정신 아닌 던전일 거라고 생각하지만요."

결론, 제정신 아니었다.

두 번째 미니 던전에서는 새로운 동료 『그렉』이 파티에 가입했는데, 이 녀석도 대니에 뒤지지 않는 인재였다.

그렉은 검투사인데 겉모습도 성능도 터프한 남자다. 전용기인 『감싸기』를 써서 적의 공격을 자신에게 집중시킬 수 있다.

그것만 보면 대단히 유능한 캐릭터다. 하지만 이 그렉이라는 녀석은 자기 체력이 최대치에서 1이라도 줄어들면 회복 아이템을 쓰도록 프로그래밍되어 있었다.

그리고 중요한 것은 이 회복 아이템의 출처—— 무려 그것은 내 아이템이었다!

당연히 대니와 마찬가지로 그의 행동을 지시할 수 없다. 다시 말해서 그렉이 전투에 참가하기만 해도 그간 모아둔 회복 아이템을 순식간에 해치우는 것이다.

참고로 네코마 선배 말에 따르면, 모아둔 회복 아이템이 전부 없어지면 감싸기 대신 그렉을 향한 공격을 다른 아군에게 옮기는 『떠넘기기』만 사용한단다. 똥망겜에는 똥망 동료가 있는 법, 당연히 대니와 마찬가지로 언제나 죽음을 선물해 주었다.

: 이 녀석들, 사실은 마왕의 앞잡이 아냐?

: 스파이 의혹까지 들 정도네ㅋㅋ

: 하이 포션 왕자[#28]를 본받길.

: 실질적으로 홀로 여행이구만.

: 대니? 그렉? 어디선가 들어본 것 같은데…….

그리고 미니 던전도 클리어하고, 끝끝내 마왕성 앞에 도착했다.

드디어 게임의 끝이 보인다—— 여기까지 모험한 성과는 던전 클리어 보수인 용사의 검과 용사의 갑옷, 그리고 두 사람의 시체.

#28 하이 포션 왕자 게임 『파이널 판타지 12』에 등장하는 라사 파르나스 솔리도르. 파티에 참가할 때, 조금이라도 대미지를 받은 아군이 있으면 포션을 사용해서 회복시켜준다. 이때 플레이어의 아이템에서 소모되지 않는다. 캐릭터의 신분도 황자라서 경의를 담아 불리는 별명.

"괜한 짐이 눈에 띄네요."

"냐앙, 그런 말 말고! 실제로 용사 장비는 상당히 강하고, 레벨도 올랐잖아?"

"그건 그렇지만요……. 뭐, 좋아요. 이제 여기서부터 클리어까지 달려갑니다!"

드디어 라스트 던전. 적도 강화되어 있지만, 용사 장비의 성능은 농담이 아니라 압도적이라 순조롭게 진행할 수 있었다.

그리고 마왕의 눈앞까지 다가갔다. 이 고행을 끝낼 수 있는 곳까지 왔는데, 아쉽게도 나는 여기서 또 발이 묶여 있었다.

최종 보스전을 앞둔 나를 막은 건 마지막 기믹으로 보이는 수수께끼.

세 개의 문이 있고, 뭔가 하나가 정답이라는 것까지는 알겠는데, 나는 그 대답을 도무지 알 수가 없었다.

"어라아? 중간에 힌트를 놓쳤을까요……?"

녹색, 빨강, 파랑으로 된 세 가지 색의 문 앞을 우왕좌왕하면서 나는 기억을 더듬었다.

이런…… 문이 있는 방에 설치되어 있던 간판에 『기왕이면?』이라고 적힌 문자 말고는, 이 수수께끼에 대한 힌트가 떠오르지 않는다.

"어떡하죠……. 그냥 감으로 고를까요……. 네코마 선배,

참고로 이거 틀린 문을 고르면 어떻게 되나요?"

"게임이 다운 돼서 마을에 있는 세이브 포인트부터 다시 해야지!"

"그건 게임 오버 같은 거면 됐잖아! 게임 꺼지는 걸 왜 그리 좋아해?!"

큭, 다시 하는 건 아무리 그래도 싫어. 어느 거지? 어느 문이 정답이지?

"으으음……."

"자! 여기까지의 궤적을 떠올려봐, 아와유키 쨩! 괜찮아! 너라면 풀 수 있어!"

"정말인가요?"

지금 네코마 선배의 말을 들어보니 역시 그냥 운에 맡기는 건 아닌가 본데.

궤적이라는 거창한 말을 하기 싫을 정도로 똥망의 여로였지만, 그동안 힌트가 있었던가……?

그러니까 분명히 임금님이랑 이야기를 하고…… 부조리한 죽음을 경험하고…… 던전에 가서…… 용사 장비를 입수하고…… 대니와 그렉을 죽이고…….

————응? 잠깐? 대니와 그렉?

뭔가가 머릿속에서 걸렸다. 어쩐지 이해할 수 있었다. 그것이 이 수수께끼 풀이의 답 그 자체다.

그리고 간판의 『기왕이면?』의 문자가 그것을 풀어내, 대답으로 이끌어 준다!

"네코마 선배—— 이건 설마?!"

"오오! 드디어 깨달았구나, 아와유키 쨩! 대단해! 너라면 알 수 있다고 믿고 있었다! 그러면 함께 『그걸』 말하자! 하나~ 둘!"

네코마 선배의 신호에 맞춰, 나는 그 말을 외쳤다.

""기왕이면 나는 이 빨간 문을 고르지!!""

전설의 명언과 함께 조금의 망설임도 없이 빨간 문을 열었다.

"아니 근데, 그걸 힌트라고 하면—."

"그리하여 최종 보스, 『컴○ 에치젠』과 배틀이야."

"마왕이 아니잖아아?! 이 녀석은 그냥 용병 같은 게 아니었—."

『대니, 그렉, 살아있어?』

"진작에 죽었— 우와, 이거 태클을 다 못 걸겠어! 허억…… 허억…… 허억……."

: 설마 했던 데스 크○즌[#29] ㅋㅋㅋ

: 아는 사람밖에 못 풀잖아~!

: 최종 보스가 에치젠이라면 대니랑 그렉은 거의 스파이

#29 데스 크○즌 1996년 발매된 건 슈팅 게임 『데스 크림즌』. 낮은 퀄리티, 게임성 등으로 인해 지금까지 혹평 받고 있다. 주인공 컴뱃 에치젠은 과거 그렉, 대니와 함께 용병으로 활동하다 어떤 유적을 발견한다. 그곳에서 3개의 문 중 하나를 고르며 『기왕이면 나는 이 빨간 문을 고르지!!』라고 외치나, 화면 속에 문은 하나밖에 보이지 않으며 문도 붉은색이 아니었기에 이 기괴한 게임을 대표하는 문구가 되었다.

확정이네ㅋㅋ

: 뭐가 기왕이면, 이야…….

: 뭐야, 이 똥망겜은~!

: 네코마가 말한 것처럼 바보 게임이었네ㅋㅋㅋ

태클 걸 포인트가 파형 공격을 해와, 겨우 흐트러진 호흡을 정돈했다.

꽤 옛날, 내가 라이브온 들어오기 전에 네코마 선배가 일련의 흐름의 원본인 『데스 크○즌』을 소개하는 방송을 본 기억이 있어서 어떻게 정답인 빨간 문을 고를 수 있었다.

……후우, 일단은 진정했어.

"좋아, 그러면── 각오해라, 이 자식아아아아아아아아아아아──!!!!"

지금까지의 태클로 파김치가 된 원한을 모두 쏟아내듯, 나는 최종 보스에게 덤벼들었다.

그리고 몇 분 뒤──.

"축하해! 이걸로 게임 클리어야!"

"드디어 끝났다……."

훌륭하게 컴뱃 에치젠을 타도하자, 짧은 스탭롤을 넘기고 타이틀 화면으로 돌아왔다.

게임 클리어. 방송의 목적은 달성했다.

"뭐, 끝나고 보니 삐딱한 의미긴 하지만 재미있었을지도 몰라요. 방송 분위기도 살았고. 2회차는 죽어도 싫지만요."

"냐하하! 이번에는 정말로 고마워, 아와유키 쨩! 네코마도 자기가 만든 게임을 누가 하는 게 이렇게 기쁜 일이라는 걸 처음 알았어! 다음을 위한 반성할 점도 찾았고, 아와유키 쨩한테는 고개를 들 수가 없어!"

"……정말로 반성하긴 했어요?"

"진짜로, 진짜로. 실제로 이번 방송은 아와유키 쨩의 압도적인 스트리머 스킬 덕분에 재밌게 봤는걸. 앞으로 신작을 만들어서 다른 라이버한테도 플레이시킬 거면, 더 방송하기 좋고, 게임에 몸을 맡기는 방송이 가능한 걸 만들어야겠다고 생각한 게 제일 큰 반성이야."

"그, 그렇군요……. 분명히 방송하기 좋은 걸 노리는 건 저도 찬성이에요. ……저의 스트리머 스킬은 모르겠지만요."

"겸손하지 말라니까아~. 다 내려놓은 뒤로 더욱 성장했는지 스○○로 없이도 엄청 날카로워서, 솔직히 네코마는 놀랐어. 선배로서 질 수 없겠네! 그리고 처음에 내 카리스마가 어떻다고 하지 않았었냐앙~?"

"자, 자기 입으로 말하는 거랑 남이 말해주는 건 달라요!"

: 아와 쨩도 슈와 쨩도 언제나 방송을 띄우는 거 잘 생각하면 장난 아니지.

: 당연하게 하고 있으니 깨닫기 힘들지만, 어엿한 천재라

니까.

〈아사기리 하레루〉: 오! 다들 잘 아는걸!

"냐하하! 그런 귀여운 부분도 인기가 있는 걸지도 몰라! 좋았어! 그러면 방송 마지막에 아와유키 쨩, 이번 게임을 해본 감상은 어때?"

"타이틀 화면에서 방치하고 하레루 선배의 곡을 계속 듣는 게 제일 재미있게 노는 법이라고 생각했습니다."

"최고의 칭찬을 받았으니 안녕이다냥~."

후우, 이걸로 오늘 방송은 끝! ……근데, 어라?

"네코마 선배. 게임 시작할 때 그 빛은 결국 뭐였나요?"

"응? 아아, 그거! 아무 의미도 없어!"

"아?"

아마도 방송 마지막 말이 『아?』였던 라이버는 내가 처음일 거야…….

"수고했어~! 다시 한번 오늘은 협력해줘서 땡큐, 아와유키 쨩."

"아뇨. 이쪽이야말로 불러주셔서 기뻐요! ……저기~ 죄송한데요. 지금부터 잠깐 이야기할 시간 있을까요?"

"응~? 괜찮아. 뭔데?"

방송이 끝나고, 시작할 때 생각했던 것처럼 네코마 선배에게 물어보고 싶은 것을 이야기했다.
물론 세이 님 일이었다.
"동기인 네코마 선배가 보기에, 세이 님은 괜찮아 보여요?"
"아~ 그렇구나…… 신경 쓰여?"
"네. 어쩐지 상태가 이상한 것 같아서…… 평범하게 방송을 재개한 건 안심했지만요."
"그렇네에. 너무 신경 쓰지 않아도 될 거야!"
"에에에엑……."
너무나도 가벼운 대답에 무심코 기겁한 소리를 내버렸다.
동기에게도 이런 취급을 받는다는 건 보통이 아냐. 대체 오늘까지 무슨 짓을 저질러 온 거야, 세이 님은……?
"하하하! 그런 반응 안 해도 돼! 네코마도 걱정은 하고 있거든?"
"정말인가요~? 그런 것치고 대답이 가벼운데요?"
"네코마도 그녀의 상태가 이상한 건 알고 있어. 그리고, 그렇기에 알고 있는 것도 있는 거야."
"알고 있는 것?"
"이번 일의 주역은 네코마나 아와유키 쨩이 아니라는 거지."
"……응?"
질문에 대한 답이 되는 건지 알 수 없는 말을 들어서, 더욱 머릿속이 혼란스러운 나.

“아~, 뭐 그거야. 처음에 대답한 것처럼, 아와유키 짱은 평소처럼, 활기차게 방송해서 라이브온을 띄워주면 그걸로 OK라는 거지!”

“그런가요…….”

“하하핫. 납득 못 한 거 빤히 보이는 목소리네?”

“으극.”

이 선배, 실례되지만 생각보다 날카롭다…….

“네코마도 완전히 내버려두는 건 아냐. 네코마도 세이가 무슨 생각을 하는 건지 확실하게 아는 건 아니지만, 감을 잡은 부분도 있거든. 네코마는 서브로서 나름대로 할 수 있는 일을 한다. 그러니까, 맡겨주지 않을래?”

“…………알겠습니다.”

이번에는 확실하게 고개를 끄덕였다.

어째선지 지금 네코마 선배의 말에는, 사람을 수긍하게 만드는 설득력이 느껴졌다.

분명히 그것은, 동기로서 함께 걸어온 시간의 무게가 말에 실려 있기 때문이라고 생각한다.

2기생의 인연, 이라고 해야 하는 걸까? 분명히 이 사람은 나랑 마찬가지로 세이 님을 걱정하고 있으며, 그러면서 나하고는 다른 시점에서 세이 님을 이해하고 있다.

내가 시청자로서 보고 있던, 3기생이 들어오기 전 시절 라이브온의 광경이 뇌리에 되살아났다. 하레루 선배라는 개인으로부터 라이브온이라는 그룹이 됐다. 2기생은 제각각 다른 재능을 가지고 있었지만, 하레루 선배 정도로 만능 인간이란 인상은 없었다.

하지만, 그건 그거대로 새로운 매력이었다. 서로에게 부족한 부분을 지탱하고, 협력해서, 차차 인기를 얻어갔다. 그 모습에 나를 포함한 시청자들은 하레루 선배의 후속으로 끝나지 않는 새로운 그룹으로서 매력을 느끼고, 그것이 지금의 그룹으로서의 라이브온으로 이어졌다.

분명 여러 가지 문제도 있었다. 하지만 그것을 극복했기 때문에 지금이 있다.

그러면 믿자. 떡은 떡집에 맡긴다는 거다. 네코마 선배는 상황을 이해하고, 그러면서 냉정하게 대응책을 생각할 수 있는 것 같다. 이 시점에서 고민하는 나보다 훨씬 앞서 있었다.

"뭔가 상담할 일이 있으면 마음 편하게 해주면 좋을 거야. 그리고 네코마도 정보를 얻고 싶으니까 상담해줘."

"알았어요. 시간 내주셔서 감사합니다."

"에이, 뭘. 세이가 걱정되는 츤데레 아와유키 짱을 봐서 이득 봤어~."

"넷?!"

"냐하하하! 그럼 안녕!"

진지한 이야기는 끝이란 것처럼, 마지막은 네코마 선배

다운 장난을 남기고 떠나갔다.

"누가 츤데레인가요!"

입으로는 그렇게 말했지만, 2기생의 인연을 가까운 곳에서 보고, 그 존귀함에 입가가 풀리는 나였다.

막간 조짐

"아…… 어떡한다……."

바깥은 황혼 녘. 자택의 침대에 드러누워, 스마트폰 화면을 바라보며 혼잣말을 중얼거리는 우츠키 세이의 모습이 있었다.

화면에 표시된 건 친구인 카미나리 시온의 채팅.

『오늘도 별일 없어? 밥은 잘 먹었고? 생활 리듬은 괜찮아? 전에도 말했지만 수익화 건은 내가 마마로서 전면적으로 협력해 줄 거니까! 그러니까 걱정하지 마! 앗, 방송에 대한 것 말고도 무슨 일 있으면 사양하지 말고 말해 줘! 나뿐 아니라, 분명히 다들 도와줄 테니까! 그렇지! 다음에 시간 있으면 수익화 복구 작전회의라도 하자!』

세이는 이 채팅에 어떻게 답신할까 고민했다.

수익화가 박탈된 뒤부터, 시온은 매일같이 세이에게 전화와 채팅으로 이런 뉘앙스의 연락을 보내고 있었다. 어쩐지 공포마저 느껴질 만큼 남을 보살피기 좋아하는 시온답다고 생각하여, 세이는 읽을 때마다 고민하면서도 웃어버릴 것 같았다.

"정말로 상냥한 여자애라니까. 하지만…… 하아. 그렇기에 이제 날 좀 놔줬으면 좋겠는데."

깊은 한숨을 내쉬고 다시 사고에 빠지는 세이.

지금까지는 무난한 대답으로 피해온 세이였지만, 이제 한계가 다가오는 것 같았다.

시온은 세이가 몇 번 괜찮다고 대답해도, 비슷한 연락을 그만두지 않는다. 그건 분명 세이가 괜찮지 않다는 걸 깨달았기 때문이라고 세이는 깨닫고 있었다.

"……나도 모르게 거리가 너무 가까워진 걸까. 정말이지, 자신의 경솔함에 질릴 지경이군. 대체 무슨 짓을 하고 있는 건지."

그렇게 말하고 이번에는 한층 더 커다란 한숨을 내쉰 다음, 세이는 일단 답신을 보류하고 채팅 화면을 전환했다.

그곳에 표시된 것은 꽤 많은 양의 읽지 않은 채팅들. 내용은 라이버 동료들이 보낸 걱정이나 격려의 말이다. 어제도 비슷한 상황이 되어 모두 답신을 했었을 텐데, 오늘은 보기 드문 사람들도 보낸 모양이다. 세이는 그것을 보고 무심코 웃음이 터져 버렸다.

"정말이지…… 이것도 나중에 회신해야지."

화면을 다시 시온의 채팅으로 되돌려, 다시 어떻게 대응해야 할까 생각했다.

그리고——.

『걱정해줘서 고마워. 별일 없이 건강해. 수익화도 분명히 조만간 어떻게 될 거야. 돈 걱정은 그다지 필요 없으니까 조바심 낼 것도 없어. 평소대로의 시온 군, 평소대로의 라이브온으로 괜찮아.』

결국은 또 이런 무난한 대답을 해버린다.

"……뭘 이렇게 고민하는 건지."

걱정해주고, 도와주려고 해주는 친구가 있다는 것은 기쁘다. 하지만, 기쁘기에 세이는 괴로워하고 있었다.

"고마워, 다들. 그리고 미안."

그렇게 중얼거린 다음, 세이는 잠시 동안, 자는 것도 아닌데 계속 눈을 감고 있었다――.

한편 그 무렵――.

"으으~!!"

전파가 이어진 너머에서, 시온 또한 혼잣말을 중얼거리고 있었다.

"또~ 이런 대답이야! 상태가 이상하다는 걸 내가 눈치 못 챘다고 생각해?!"

세이의 예상대로, 시온은 그녀가 뭔가 신경 쓰고 있다는 걸 눈치챘으며, 그리고 이제 참는 것도 한계라는 것도 적중해 있었다.

라이버로서 태어난 때부터 오늘까지 계속 함께 걸어온 사이다. 서로의 심신이 흐트러졌다는 것은 약간의 정보로도 어쩐지 모르게 짐작해버릴 수 있다.

"이 변태가 정말! 내가 얼마나 세이를 보고 있는지 알고는 있는 거야? 나날이 태도가 이상해진다는 걸 본인도 알고 있는 거 아냐?! 아~ 왠지 짜증 나……. 네코마~한테 불평이라도 할까."

시험 삼아서 동기인 히루네 네코마에게 채팅을 보냈더니, 한가해 보이기에 곧바로 전화를 걸었다.

그리고 최근 세이와 나눈 대화에 관해 머신건 같은 기세로 죄다 말했다.

"——그런 느낌으로, 정~말로 아기 같아서 난처한 녀석이라니까!"

"그래그래, 그렇구냥~."

"네코마~는 어떻게 생각해?"

"시온은 정말로 세이를 엄청 좋아하는구나~라고 생각해."

"뭐, 뭐어?! 무슨 말이야?! 내 얘기 제대로 들었어?!"

완전히 예상 밖이었던 네코마의 대답에, 시온은 명백하게 얼굴이 새빨개지며 흐트러졌다.

"당연히 들었지~. 시온은 세이를 누구보다도 잘 보고 있고, 상태가 이상하다는 게 너무너무 걱정돼서 어쩔 줄 모르고, 하지만 솔직하게 상담해주질 않는 게 분한 거지?"

"그, 그럴 리 없잖아!"

"아니야? 네코마는 지금 이야기가 딱 그렇게 들렸는데."

"뭣, 그치만! ……앗, 어라?"

자기가 말한 내용을 돌이켜보고, 분명히 네코마 말이 맞다고 스스로도 생각해서, 말이 이어지질 않게 되어 버린 시온.

네코마는 그런 그녀를 보고 싱글싱글 웃더니, 이번에는 어쩐지 상냥한 목소리로 말을 걸었다.

"부정은 안 해도 돼. 세이를 무척 소중하게 생각하고 있다는 거니까. 좋은 일이야."

"…………."

"네코마도 세이가 무슨 생각을 하는지 아는 건 아니지만, 분명히 그 마음은 전해지고 있어. 그러니까 앞으로도 변함없이 신경을 써줘."

"……응. 고마워, 네코마~. 내 얘기 들어줘서."

"신경 쓰지 마. 이래 봬도 동기를 소중하게 생각하고 있으니까."

그러고 나서 또 보자는 말을 나누고, 통화가 끝났다.

"……위험해."

그러나 그 뒤로도 한동안 시온은 얼굴이 화끈거리고, 심장이 계속 쿵쾅거리고 있었다…….

제2장

한바탕 사냥하러 가자

『몬사냥』, 일본에 사는 게이머라면 아마도 이 타이틀을 듣고 몸이 반응하지 않는 사람은 드물 것이다.

시리즈를 거듭할 때마다 인지도가 폭발하여, 기어이 사회현상이라 불릴 정도의 경이적 인기를 자랑하게 된 전설적인 게임 타이틀이다.

결코 초보자에게 게임 밸런스가 상냥하지도 않고 UI가 정돈된 것도 아니다. 다만 이 게임은 동료와 협력하는 즐거움을 가르쳐 주었다.

이렇게 말은 했지만 이 코코로네 아와유키, 사실은 게이머 명함도 못 내밀 수준이기에 몬사냥 경험은 제로다. 지금까지 설명은 wiki를 본 거다.

그러나 요즘 들어 설마 했던 몬사냥의 신작이 발표, 완성도가 너무 좋아서 인기 폭발, 라이브온계에서도 유행한다는 3연속 콤보가 터졌다.

모두의 방송을 보며 아와유키 속에서 점점 부풀어 오른 몬사냥 욕구가 드디어 한계를 맞이해, 오늘 새로운 신참 사냥꾼이 탄생한 것이었다.

"푸슉! 몬사냥계에 내려온 초신성, 슈와 쨩이드아~! 그리고 이번에는 스페셜 게스트가 참전!"

"야호~! 모두의 마음속 태양, 아사기리 하레루가 떠올랐어! 오늘은 몬사냥에 대해 아무것도 모르는 슈왓치를 위해서, 선생님 역할로 초반을 지원하러 왔습니다!"

그리하여, 네코마 선배에 이어서 연속 콜라보드아~!

너무나 기대가 되다 보니 기획 자체는 상당히 전부터 결정했다. 오늘은 하레루 선배뿐이지만, 앞으로 연달아 여러 라이버들과 협력 콜라보를 하기로 했다.

고대하던 몬사냥이다. 네코마 선배와 방송을 마친 뒤 이야기를 했을 때부터, 이제 그냥 마음 놓고 스○○로 마시고 방송을 전력으로 띄우기로 했다. 세이 님, 보고 있냐~?! 무슨 생각을 하는지는 잘 모르겠지만, 일단 시리어스 따위 날려버릴 정도로 웃겨줄 테니까 각오해둬라, 짜샤아!!

"설마 이런 응애 돌보기 기획을 받아주실 줄은. 하레루 선배, 한가해요?"

"오? 이 버릇없는 녀석, 지금부터 나를 대선생 각하(스페셜 제왕여왕황제신위폭발상승상승페가서스믹스)라고 부르며 숭배하도록 해라. 이 우민 따위가."

"무지한 후배를 찍어 누르면 슬퍼지지 않아요? 아, 그런 짓을 하니까 콜라보 해주는 사람이 없어져 여기까지 떠내려온 거군요. 이해했어요."

"……훌쩍. 슈왓치는 나 싫어?"

"……싫으면 애당초 하레루 선배한테 선생님 역할 부탁 안 해요."

"슈, 슈왓치!"

"하, 하레루 선배!"

""데레시시시시시시시시시!!""

: 갑작스러운 오○리[#30] 리스펙트ㅋㅋㅋ

: 원피○에서밖에 못 들어본 웃음소리를 현실에서 들을 줄은…….

: 얼른 몬사냥을 하러 가자!

: 이 사람들은 개막 토크로 몇 시간은 끌고 갈 것 같아 무서워.

: 입 다물면 죽는 타입의 사람들이니까.

그리하여, 아무것도 모르는 초심자가 처음부터 돌격할 만큼 물렁한 게임이 아니라고 들은 나는 하레루 선배에게 원조를 부탁한 것이다.

이제 막 발매된 지라 다른 라이버도 그렇게까지 진행하진 못했지만, 과거작 경험자의 움직임은 명백하게 달랐다.

앞으로 협력 플레이를 하게 되니까, 최소한은 게임의 시스템과 요령을 파악하고서 참가해야지.

#30 오○리 일본의 개그맨 콤비. 한쪽이 「너랑 같이 못 해먹겠다」 고 하면 파트너가 정색하며 「진심이야?」라고 물어보고 「진심이면 이러고 있겠냐」라고 하는 흐름이 간판 개그다.

데레시시시
청조 제로
술은 19살이
되면 마시자

"그러면 게임 시작한드아~!"

"오케이~."

환상적인 경치 속에서 거대한 몬스터가 날뛰는, 가슴이 두근거리는 오프닝이 흘렀다.

아무래도 이번 작은 일본풍을 모티브로 한 세계관인 모양이라, 내 깊숙한 곳에 잠든 혼이 불끈거리며 단단해지는 걸 알 수 있었다.

고대의 영웅 야마토타케루는 말했습니다. 「몬사냥에 너무 빠져서 인생 끝났다」. 고사기에도 이렇게 적혀 있으니까 틀림없다.

이제 오프닝도 끝나고, 아까 직접 생성한 주인공이 집 같은 곳에서 자는 장면으로 바뀌었다.

그리고 그곳에 나타난 두 명의 형체. 이, 이건?!

"어이, 페가서스! 큰일 났어!"

"Oh? 무슨 일인가요? 아와유키 구~운!"

"전신이 생식기 같은 암컷 몬스터가 두 마리나 나타났어!"

이, 자매처럼 보이는 귀가 뾰족한 성벽(性癖)의 코○트코 같은 여자들은 대체 뭐지?!

"이럴 수가! 이래서는 몬사냥 라이징이 아니라 아랫도리가 라이징해버리잖아! 설마 몬사냥은 몬스터 소녀를 사냥하는 야겜이었나?! 음흉자매 두 마리 동시 수렵 퀘스트인가?!"

"Oh! 나이스 밀레니엄 아~이(천년의 눈)입니다! Me의 툰 페가서스에도 다이렉트 어택인 겁니다~!"

: 예상했던 반응이랑 완전 똑같음ㅋㅋ

: 그렇게 이름의 후보가 많았는데 고른 게 페가서스냐…….

: 페가서스 씨, 혹시 마인드 크러시하고 계시진 않나요?

: 그렇군, 이것이 몬스터 소녀 퀘스트라는 거군요.

: 태클 역 부재로 인한 공포…….

"그건 그렇고 어째서 이 주인공은 아직도 자고 있는 거지? 지금 서지 않으면 언제 서려는 거야? 이중적인 의미로! 사력을 다해서 임무에 임해라! 성욕이 있는 한 최선을 다해라! 결코 개죽음 당하지 마라! 일어서라! 고결하게 날아라! 너는 숙명을 받은 전사일 것이야!"

"자~! 우마머스마 풀발기 더비의 시작입니다~! 온갖 퀘스트가 베이스캠프에서 시작되듯 이 게임도 고간의 베이스캠프에서 모든 것이 시작되는 겁니다~! 자, 아와유키 구운! 지금이야말로 미리 가르쳐준 그 명언을 말할 때가 온 겁니다~!"

"아, 알겠습니다! 갈게요? 하나~둘!"

""한바탕 헌팅 하러 가자!""

"……아."

"응? 아와유키 구운, 왜 그러는 건가요?"

"가만 생각해 보니 여자 캐릭터로 만들었으니까 설 것도 없잖아."

"뭐? 캐릭터 만들 때 컨트롤 미스하면 어떡해? 페가서스도 축 늘어져서 킹덤편으로 돌아가 버렸잖아."

: 진짜 개꿀잼ㅋㅋ

: 네, 유죄 확정~.

: 언제나 사죄용 과자를 준비해두는 걸 강력하게 권장합니다.

: 정말로 머리가 나쁜 천재 두 명이야.

: 캐릭터 만드는데 컨트롤을 미스하는 건 또 뭐야……?

잘은 모르겠지만 아무튼 아와유키의 사냥꾼 생활, 시작됐습니다!

오프닝이 끝난 다음, 세계관의 설명이나 퀘스트 수주 방법 등의 튜토리얼이 시작됐다.

이후 아이템 상점이나 식당 등의 사용법을 하레루 선배에게 배우고, 다음은 드디어 기대하던 무기 상점에 대한 설명이다.

가게 앞에서 무기를 만들고 있는 험상궂은 풍모의 아저씨에게 말을 걸자, 사용할 수 있는 무기 후보가 산더미처럼 나왔다. 여기서 자유롭게 골라도 되나 보다.

"좋아. 슈왓치는 쓰고 싶은 무기 같은 거 있어?"

"으음……. 뭔가 추천하는 거 있나요?"

"추천이라. 확실히 쓰기 쉬운 부류의 무기가 있기는 한데, 결국 누가 뭐래도 이 게임을 가장 즐길 수 있는 건 자기가 한눈에 반한 무기를 애용하는 거라고 나는 생각하거든. 어느 무기든 잘 구사하면 모두 강하니까 마음대로 골라도 될 거야!"

흠. 그러면 내 흥미가 끌리는 건…….

"신경 쓰이는 무기가 있으면 해설도 할게. 하레룽은 몬사냥에서 모든 무기를 구사하는 올 라운더인 것이다!"

"감사합니다. 그러면 왕도적인 한손검부터."

"그래그래. 한손검은 보는 것처럼 공수의 밸런스가 잡혀 있어 다루기 쉬운, 손발처럼 쓸 수 있는 무기야! 그만큼 돌출된 화력을 내기 어려우니까 서포트에 잘 맞는단 인상이 강해. 라이버 중에서는 마~시~가 썼을 거야."

"마시롱이라, 그렇군요. 다시 말해서 수비도 공격도 완벽한 후타나리 타입이란 거네요? 마시롱은 후타나리란 거군요?"

"아닙니다."

: 아니지 않아요.

〈이로도리 마시로〉: 아닙니다.

: 제발 아니라고 해주세요.

: 아니길 바란다고 생각하면서도 아니지 않은 것도 의외로 좋을지 몰라요.

: 뭐래ㅋㅋ

: 슈와 쨩을 걱정해서 방송을 보는 마시롱, 귀엽잖아.

〈이로도리 마시로〉: 차, 착각하지 말라고! 착각하지 말라

고! 착각하지 말라고!

: 마시롱, 츤데레는 그것만 말하는 게 아니란다. 이래서는 그냥 착각 지적질일 뿐이야.

: 마시롱, 혼신의 개그가 귀여워.

"저기, 그러면 다음은 이 쌍검에 대한 설명을 부탁해요."

"그래! 이건 두 자루의 단검을 양손에 들어서 펼치는 파격적인 연격이 특색인 공격 특화 무기야! 로망과 중2병이 듬뿍 담겨서 세이세이도 애용하는 무기지!"

"그렇군요. 그러면 다음은 이 수렵 피리라는 걸 부탁드려요."

"OK. 이건 상당히 특수한 효과를 내장한 무기야. 무려 싸우면서 악기로 사용해 음악을 연주할 수 있거든! 애용자는 오시오!"

"그 호칭은 시온 마마였죠? 그렇군요. 정리가 됐어요."

"호오?"

"상대 몬스터에게 대응되는 암컷의 발정 난 소리를 연주하여 상대의 정신을 착란시키는 것으로 대미지를 주는 무기란 거군요!"

"그 발상은 천재인가 생각했지만 아쉽게도 아니랍니다. 연주는 아군을 강화하기 위한 거야!"

"어, 신음 소리를 연주해서 정력의 강화를 꾀하는 건가요? 세이 님은 손에 든 두 자루와 단단해진 아래쪽의 한 자루로 삼도류가 되어 버리지 않아요?"

"바~보."

"천~치."

"왜 나도 그런 소릴 들어야 돼?!"

: 삼도류ㅋㅋㅋ

: 롤ㅇ노아 조ㅇ냐?

: 쌍검난무하면서 허리를 흔들어 아랫도리로 공격하는 상상을 했더니 뿜었다.

: 피리로 상대에게 디버프 주는 건 나중에 진짜 구현될 것 같은걸.

: 하레룽이 휘둘린다는 이 공포란!

"다음은~ 그렇네요, 이 대검은 어때요?"

"오, 좋은 걸 찾았네! 대검은 보이는 그대로 무겁고 두껍고 단단한, 파괴력 만점인 무기야! 둔중해 보이지만 생각보다 쓰기 쉬운 무기이기도 해. 평소에는 히트 & 런 전법을 쓰고, 몬스터에게 커다란 틈이 생겼을 때는 절대적인 위력의 차지 베기를 선물해주자!"

"그렇군요. 다시 말해서—."

"아닙니다."

"—아직 아무 말도 안 했어요!"

"분명히 피카링이 애용했었을 거야! 음, 이미지 그대로네!"

하레루 선배가 말하는 피카링은 히카리 짱이리라. 걔는

분명히 제대로 된 방식의 플레이를 안 할 거야…….

그 다음에도 몇 종류인가 신경 쓰인 무기의 해설을 듣고, 착실하게 자신 안에서 후보를 좁혔다.

그리고――.

"하레루 선배. 저, 정했어요."

"오! 좋은걸. 어느 걸로 할 거야?"

"제 마음에 물어봤습니다. 주전자로 우린 녹차와 가장 비슷한 것은?"

"저기, 지금까지 내 말 들었어? 한 번도 차 이야기는 안 했는데……."

"선택받은 것은『랜스』입니다[#31]."

"뭐, 됐어(포기)! 그런데, 어째서 랜스로 정했어?"

"나에겐 있지, 이 게임에서 한 가지 목표가 있어."

"목표? 뭔데뭔데?"

내가 이 게임에서 이룩하고 싶은 것, 그것은――!

"모든 몬스터의 처녀를 빼앗는 거다!"

"엥?"

"선수, 선서! 저는 이 날카로운 거근 랜스를 사용해 온갖 몬스터와 S○X할 것을 선서합니다!"

"바~보."

#31 주전자로 우린 녹차 일본의 녹차 음료인『아야타카』의 CF 중,「일식 요리사 100명에게 물어봤습니다. 주전자로 우린 녹차와 가장 비슷한 것은?」「선택받은 건 아야타카였습니다」의 내레이션을 패러디.

"천~치."

"그러니까 어째서?!"

: 돌겠네.

: ㅋㅋㅋ

: 누가 종합병원 좀 가져와라~!

: 이만큼 수많은 플레이어가 있는 게임이지만 분명 처음 시도해보는 목표일 거야.

: 사냥꾼(성적인 의미로)

그리하여! 이제부터 여러 라이버와 콜라보를 하면서 사냥을 해나가려고 생각합니다! 하레루 선배, 여러모로 가르쳐 주셔서 감사합니다!

"미안미안, 기다렸지~! 드디어 히카리도 합류했어~."

"오, 기다렸어요!"

"전위는 부탁하는 거랍니다~."

"알았어! 메인 화력 담당의 오기를 보여주지!"

하레루 선배에게 기초를 배운 다음날. 나는 기다리고 기다리던 라이버와 콜라보 수렵을 즐기고 있었다.

이번 파티는 스○○로를 안 마신 나랑 에에라이 쨩, 그리고 히카리 쨩의 세 명. 다들 아직 비슷한 초반 부분이라 셋이서 협력 플레이다.

그러나 한 가지 신기한 점이 있는데, 바로 히카리 짱이다. 개인적으로 그녀는 팍팍 진행하는 이미지가 있어서 나나 에에라이 짱처럼 초심자 팀과 진도가 비슷하다는 얘기에 무심코 고개를 갸웃거리고 말았다. 요전에 장시간 방송하고 있는 섬네일도 언뜻 보인 것 같은데…….

하지만 아까 방송 전에 확인했더니 정말로 초반의 데이터였다. 문제는 없을 거라고 생각해서 그대로 협력하고 있었다. 구작 플레이 경험도 풍부한 모양이라 듬직한 선배 사냥꾼이다.

내가 랜스, 히카리 짱이 대검, 에에라이 짱은 원거리 무기인 보우건을 장비하고 있었다. 생각보다 밸런스가 좋은 파티 아닐까?

"아, 아와 짱 선배. 돌아보는 거 조심하세요랍니다~."

"OK. 가드를 굳힐게요."

"좋아좋아좋아! 두 사람도 익숙해지고 있네! 동료가 늘어나서 히카리도 기뻐!"

: 오오!

: 아와 짱, 제법 익숙해졌네.

: 파이팅!

지금은 커다란 개구리 같은 몬스터를 상대하고 있는 참이었다.

내가 메인 무기로 고른 랜스는 커다란 창과 방패를 동시에 드는 무기다. 그만큼 둔중하지만 적의 공격을 받아내는 가드 성능은 모든 무기 중에서 제일이다.

지금은 움직임의 요령도 저도 모르게 이해하고 있었다. 적에게 틈이 생겼을 때는 기본적으로 찌르기, 가끔 휘두르기를 섞으면서 적에게 달라붙는 것을 의식해서 싸우면 랜스의 장점을 발휘할 수 있다. 아직 초반이니까 나라도 꽤 안정적으로 싸울 수 있는 상태다.

"그건 그렇고 에에라이 쨩이 몬사냥을 하는 건 저로서는 조금 뜻밖이었어요. 그게, 일단 동물원 원장님이잖아요?"

"아, 그거 히카리도 생각했어! 원장님이라고 했던 시기도 있었지!"

"아니아니, 지금도 현역 원장이거든요. 그것 말고는 아무것도 아니에요랍니다~."

""아니, 그치만……""

"랍니DIE~."

""앗, 네.""

그렇게 공포 게임 때 흐트러졌던 에에라이 쨩도, 지금은 본인의 개그 요소로 번장 캐릭터를 잘 쓰고 있다.

경향을 따져보면 나랑 조금 가까울지도 모르겠네.

"질문의 대답으로 돌아가면, 평범하게 저도 유행을 타고 싶은 거랍니다~. 그리고, 현실과 픽션의 구별도 못하는 성가신 인간은 되고 싶지 않은 거랍니다~. 게임 시스템으로 있기에 혼자 플레이할 때는 가능한 포획을 하는 정도는 하고 있지만요~."

"그렇구나. 감탄했어요."

"휘유~! 어른이네~!"

"아니아니, 두 분이 선배일 거랍니다~! 뭐, 그런 느낌일까요? 아, 그렇지. 이번에는 귀중하고 비싸고 좋은 탄을 구입해 왔답니다~. 기왕이니까 쏴버리죠!"

그러고서 에에라이 쨩이 보우건을 겨누었을 때, 문득 그 사선(射線)에 목표물이 아닌 다른 소형 몬스터가 뛰어들었다.

「아」 하고 무심코 소리를 낼 뻔한 순간, 에에라이 쨩이 쏜 귀중하고 비싼 탄이 목표인 개구리가 아니라 그 소형 몬스터에게 맞아 버렸다.

"……아앙? 이 자식, 내 사선상에 서다니 뭐 하는 놈이냐! 짜샤아아아아!!"

""히엑?!""

나, 나왔다! 에에라이 명물, 동물원 원장이 아닌 동물구미의 번장 등장이다!!

"내 앞길을 방해하지 마라, 이 허접 양아치 자식아아아!!"

"자, 잠깐만요, 번장?!"

완전히 스위치가 켜진 번장이 취한 행동은 완전히 내 예상 밖이었다.

무기를 집어넣고 아직 살아 있는 소형 몬스터에게 다가

갔다 싶더니, 무려 덤으로 있는 액션이라 거의 적에게 대미지가 안 들어가는 발차기로 직접 공격하기 시작했다!

"먹어라! 보우건 킥! 보우건 킥! 보우건 킥!"

"오오! 설마 했던 무투파 스타일! 멋져! 히카리도 해볼까!"

"아니, 이거 그런 게임 아니라고!! 보우건은 아무 상관없잖아! 번장! 부탁이니 진정하십쇼!"

"허억, 허억, 허억……. 미, 미안해요……랍니다."

어떻게든 필사적으로 설득하여 그녀의 기행을 멈추고, 원장을 재림시키는데 성공했다.

후우, 역시 라이브온, 쉽사리 풀리질 않는군.

: 뭔가 거하게 빨았구만 ㅋㅋㅋ

: 경찰 아저씨를 불러오는 편이 낫지 않아?

: 만약 잡혀서 형무소 들어가면 죄수들을 동물이라고 부르면서 지배할 것 같다.

: ㅋㅋㅋㅋㅋ

"저기, 당연하지만 지금 그건 저거랍니다? 아까도 말한 것처럼 게임이니까 하는 행동이에요? 그 자리에서 해도 되는 일과 안 되는 일의 판단도 못하는 인간은 수장이라고 할 자격이 없는 거랍니다."

"으, 으음. 뭐, 그건 그렇네요. 애당초 정말 악인이었다면 라이브온이 채용할 리 없으니까요."

"왠지 에에라이 쨩은 동물원의 동물들이 존경과 숭배와

공포의 마음을 품고 있을 것 같아! 어마어마한 카리스마에 통솔력이 있을 것 같아!"

"그거 칭찬 맞는 건가요랍니다? 뭐, 제가 현실에서 주먹을 휘두를 때가 있다면, 그건 분명 동물들을 최악의 방법으로 괴롭히는 무리를 발견했을 때뿐이랍니다~."

""멋져……""

자, 이제 다시 사냥에 집중해야지.

"그건 그렇고 개구리는 신기한 생물이네요~."

"오, 어째서 그렇게 생각하는 건가요랍니다~?"

"으음~. 애당초 양서류 전반에 해당되는 거지만, 어쩐지 지구의 생물이 아닌 신비로움이 있는 것 같지 않아요? 마치 우주에서 왔다고 해도 믿을 것 같은……."

"그러게! 히카리도 초등학교 때 호기심이 생겨서 자주 붙잡아서 관찰했었어!"

점점 적의 공격 패턴도 머리에 들어와서, 위태로울 것 없이 사냥을 하게 되자 자연스럽게 잡담이 늘어났다.

어쩌다가 사냥하고 있는 적이 커다란 개구리여서 꺼낸 화제였는데, 생물 전반을 아주 좋아하는 에에라이 쨩의 심금을 울렸는지 즐겁게 화제에 참가했다.

"개구리만 해도 방대한 종류가 있으니까요. 독을 가진 건 물론, 등에 알을 지고 다니는 아이나, 마치 아기 같은 울음소리를 내는 아이도 있는 거랍니다~. 그리고 생각보다 맛이 좋기도 해요."

"어? 머, 먹는 건가요? 개구리를?"

"히카리, 그거 알아! 겉보기랑 다르게 무난하게 맛있다고 들었어!"

"후후, 히카리 선배는 박식하네요. 에에라이~에에라이~랍니다! 지금은 일본에서 흔히 볼 수 있는 황소개구리도, 본래는 식용으로 들여온 외래종이랍니다~."

"극도의 서바이벌에서는 기본 지식인걸! 어떤 상황이라도 살아갈 수 있도록 개구리는 물론 뱀까지 손질하는 방법을 익혔어!"

"그 지식을 현대일본에서 쓸 기회는 없지 않을까요……?"

: 개구리입니다. 먹어주세요.

: 히카리 쨩의 피와 살이 된다니 용서 못 한다! 구린 소리 하지 말고 개구리는 연못으로 돌아가버려!

: ↑ 이 아재 개그 형씨도 썰렁한 남극으로 돌아가시길.

: 버젯프로그를 기르고 싶은데, 키우기 어렵단 말이지.

: 기본적으로 파충류나 양서류는 길이 안 드니까 기르려면 무상의 사랑이 필수인걸.

: 개구리라면 그건가? 여신님을 자주 먹는 그 녀석?

: 혹시 모 멋진 세계에 살고 있나요?

: 난 목소리가 개구리 같다는 칭찬을 자주 들어.

: 앗(깨달음)

: 세상에는 모르는 게 행복한 일도 있는 법이지.

이런 느슨한 기분으로 게임을 하는 것도 재밌지만, 동시에 집중력도 느슨해지는 것이 인간이란 생물이다.

현재 팍팍 공격하러 너무 접근한 히카리 쨩이 역으로 화면 구석으로 몰려버렸다. 게다가 몬스터는 히카리 쨩 말고는 흥미가 없다는 듯, 우리들에게 반응하지 않았다.

"어, 아니 잠깐! 이건 히카리도 힘들거든?!"

결과적으로 연속 공격을 맞아서, 캐릭터가 움직이지 못하게 되고 빈틈투성이가 됐다. 이른바 삐약이 상태다.

위험해, 이대로 가면 히카리 쨩이 전투 불능이 되어 버릴 거야!

"시, 싫어어어어!!!! 죽고 싶지 않아! 또 그 지옥을 맛보긴 싫어어어!! 누가 살려줘어어어!!!!"

"기다려, 히카리 쨩! 지금 일으켜줄게!"

"저는 섬광을 던질게요랍니다~."

서둘러서 일부러 히카리 쨩을 공격해 삐약이 상태를 해제하고, 에에라이 쨩이 강한 빛으로 상대의 눈을 가리는 섬광탄을 던져 주었다.

후우, 간신히 위기를 회피했다.

"두, 두 사람 고마워. 덕분에 살았어……."

"아뇨아뇨. 그건 그렇고, 히카리 쨩 엄청 조바심 냈었네요? 아직 충분히 여유가 있으니까 한 번 정도는 쓰러져도 괜찮은데요?"

이 게임은 세 번 전투 불능이 되지 않는다면 퀘스트에 실패하지 않는다. 아직 한 번도 안 쓰러졌으니까, 그렇게까지 신경 쓸 일은 없다고 생각하는데…….

"그게, 사실 히카리는 지금 한 번이라도 전투 불능이 되면 데이터를 삭제 제한을 걸고 클리어가 목표거든! 사실 이것도 일곱 번째 데이터야! 정말로 두 사람은 생명의 은인이야. 싸랑해애!"

""네?""

사뭇 당연하게 히카리 쨩이 그렇게 말한 순간── 나랑 에에라이 쨩의 시간이 멈추었다──.

그리고 시간은 움직인다.

"번장, 수비 진형을 짭니다. 타깃의 앞으로."

"오냐. 조직원의 목숨은 내가 지킨다. 벌집으로 만들어 주마."

"으응? 두 사람 왜 그래? 아, 죽었다고 해도 퀘스트 클리어한 다음에 데이터 지울 거니까 걱정 안 해도 돼!"

""그런 문제가 아니거든!!""

완전히 하모니를 이룬 우리들.

정말로 얘는 어째서 이런 생각을 하는 걸까!! 방송 전에 품었던 의문이 드디어 풀렸어!

"히카리 쨩, 지금 당장 위로 256걸음, 오른쪽으로 한 걸음, 아래로 16걸음, 왼쪽으로 32걸음 간 장소에 있는 베이스캠프로 돌아가세요."

"왜 그렇게 수수께끼의 장소[#32]처럼 말한 건가요랍니다~?"

"아, 그거 그리운걸! 히카리도 수수께끼의 장소 초회 플레이했었어! 사전 지식 전혀 없이 도전해서 마음의 눈으로 목표를 노리는 거야! 하지만 결과적으로 데이터가 사라졌으니까 히카리는 아직 미숙하다니까~."

"저기, 아와 짱 선배. 히카리 선배를 우리 동물원에서 보호해도 될까요랍니다?"

"좋고말고!"

"아니, 그러면 안 되지?! 게임에서도 인생에서도 히카리는 아직 더 싸워야 한단 말이야! 데이터는 지우게 해줘! 엄격한 시련을 수없이 극복해서 히카리는 더욱 강해진단 말이야! 그러니까 신경 쓰지 말고 부려먹어줘!"

: ㅋㅋㅋ

: 정말로 크레이지.

: 말 그대로 한 번의 죽음에 목숨이 걸려 있는 거구나.

: 숨겨진 완전 마조히스트, 그것도 궁극체 클래스.

: 활기찬 방송처럼 보이는 중2병으로 보이는 바보처럼 보이는 라이브온.

#32 수수께끼의 장소 게임 『포켓몬스터』 시리즈의 더미 데이터 맵. 일반적으로는 갈 수 없으나, 특정한 조작 혹은 버그를 통해 사방이 검은 공간으로 이동할 수 있으며, 이 상태에서 정해진 방향, 걸음 수를 걸으면 게임 내 여러 장소로 이동할 수 있다.

"좋았어! 토벌 완료! 두 사람 다 수고했어!"
"수고하신 거랍니다~."
"수고하셨습니다. 정말 지쳤네요. 정신적으로……."
그러고 나서, 무사히 히카리 쨩을 생존시킨 상태로 퀘스트 클리어까지 끌고 갈 수 있었다.
히카리 쨩의 데이터를 지키기 위해서라지만, 이 정도로 게임에 진심이 된 건 항아리 할멈 이후로 처음이 아닐까…… 분명히 긴박감과 몰입감이 굉장해서 나도 버릇 들……지는 않겠군.
게임 정도는 더 캐주얼하게 꺄르르 하면서 즐기자고…… 왜 그렇게까지 자신에게 시련을 내리는 거야, 히카리 쨩…….
"후우~ 정말로 죽을 뻔했을 때는 가슴이 두근두근했네! 히카리는 아드레날린 분비량에 버그가 생겨서 눈 깜빡이는 것도 잊었어!"
"지금 당장 그 제약 플레이를 그만 둬."
"그래도~. 물론 실패하면 마음에 깊은 상처를 입게 되는 건 알고 있지만 말이야. 하지만 그 순간이…… 최고로 기분 좋아……."
"이 녀석 초 위험해~랍니다~."
"어딘가의 마구 죽어서 엑스터시에 눈을 뜬 스파이[#33] 같

#33 엑스터시에 눈을 뜬 스파이 게임 『리틀 버스터즈! EX(엑스터시)』의 히로인, 토키도 사야. 작중에선 그녀가 미궁을 탐험하는 과정에서 수없이 죽었다가 다시 도전하는데, 일정 횟수에 도달하면 엑스터시 사야로 진화하게 된다.

은 말을 하고 있네요.”

“레이저 컴온~이랍니다~!”

“시련에 걸려 넘어질 때마다 성장하는 히카리의 멘탈은 이미 다이아몬드. 아무도 부술 수 없어! 아아아, 최종 보스전 때는 방어구를 다 벗고 싸우는 조건도 추가해버릴까? 그러면 클리어가 눈앞이라는 긴박감과, 만약 죽어버렸을 때는 가차 없이 처음부터 다시 해야 한다는 절망감이 피크에…… 최고로 불타오르잖아!!”

“보이는 지뢰에 뛰어드는 건 용기가 아냐.”

“그 말에 멈출 정도로 히카리 선배는 보통 사람이 아닌 거랍니다~.”

동기의 광기를 보고 동요를 감출 수가 없는데, 나는 대체 어떻게 해야 할까?

그리고 지금 생각해 보면 라이브온에는 정말로 제대로 된 사람이 한 명도 없지 않아? 나, 이대로는 라이버 말고 다른 친구로는 만족 못하는 몸이 되어 버릴지도 모른다고?

——아, 애당초 나 라이버 말고는 친구가 없었지. 아하하하하하~!

“콜록콜록우웩…….”

“아, 아와 쨩 선배, 무슨 일인가요? 캐릭터가 너무 짙은 스파이가 두 명이 되어 버리면, 아무리 원장이라도 대응하기가 어려운 거랍니다…….”

"구토…… 한계까지 배부른 상태에서 롱 피트를 해서, 토하면 패배라는 제한…… 좋을지도 몰라."

"그만두세요. 방송에서 토하는 것만큼은 정말로 그만두세요. 큰일이 나니까요."

"기이할 정도로 설득력이 있어요랍니다~."

: 경험자가 말한다.

: 구토로 업계의 정점에 올라선 여자는 표정부터 달라.

: 구토식 인생 혁명 ¥10,000

: 구토로 몸 안의 청초도 토해내 버린 여자.

: 몸 안이고 뭐고 몸 바깥에 붙여둔 것뿐이잖아.

: 어라? 토하는 것도 생각보다 나쁘지 않은 것 같은데?

: 신에게 사랑 받은 외모의 미소녀라는 전제 조건을 클리어한다면, 찬스가 있지.

: 그렇군. 좋아, 구토식 방송 준비하고 올게.

: 자기긍정 MAX 형씨는 싫지 않아.

"저기, 히카리 짱은 대체 뭘 노리고 있어요?"

"물론 세계 최강의 생물이야!"

"즉답?! 그거라면 왜 도장 같은 델 안 가고 VTuber가 되려고 한 건가요?!"

"VTuber = 전자 생명체 = 온갖 공격이 안 통한다 = 세계최강. 히카리, 천재지!"

"QQQ. 증명 실패."

"BBQ 고기 먹고 싶어랍니다~."

: 사람으로 태어났다면, 누구든지 평생에 한 번은 꿈꾸는 「지상 최강의 생물」. VTuber는, 「지상 최강의 생물」을 노리는 격투가들을 말하는 것이다!

: 뭐 VTuber의 V는 Victory의 V니까.

: VTuber, 굉장하네(초딩스러운 감상)

: 태어난 나라와 시대를 잘못 타고난 건지, 반대로 운이 좋은 건지 이제 모르겠다.

: 원장마저 현실도피해서 웃김ㅋㅋ

"정말로…… 라이브온의 면접은 어떻게 돌파한 건가요?"

"얼마나 강해지고 싶은지를 하염없이 역설했더니 『그렇구나!』라고 하더니 깨닫고 나니까 합격했었어!"

"슬슬 포기해도 되지 않을까? 인간인걸."

"이제 그만 다음 퀘스트 가는 거랍니다~."

그 다음에도 방송 시간 종료까지 사냥을 즐겼다. 평범하게 생각하면 편해야 할 멀티 플레이인데, 솔로 플레이보다 피로감이 컸던 것은 이상하지 않나?

뭐, 떠들썩해서 재미있었던 것도 사실이니까, 좋은 추억이야.

하지만 다음은 차분하게 게임을 정공법으로 즐기고 싶다.

아무리 그래도 다음번엔 이렇게까지 심하지 않을 거야.

다음 콜라보 플레이를 기대하면서 오늘은 자야지.

잘 자…….

——그리고 다음날.

"벌꿀 주세요. 왜냐하면 카에루는 아기니까요."

"에헤헤…… 카에루 쨩…… 오랜만에 만났네……. 이 시온 마마가 만나러 왔단다아……. 이전에는 기획측이었으니까 꾹 참았지만, 오늘이야말로 마마의 아이로 만들어줄게……."

"콘마시로~. 이로도리 마시로, 마시롱입니다. 100% 지칠 테니까 만약을 위해 내일 마사지 예약을 잡아뒀어요."

아, 이건 글렀군. 라이브온에는 구원 따위 없었어. 스○○로 마셔야지.

: 말도 안 되는 멤버의 모임이라 뿜음ㅋㅋ

: 라이브온을 네 명이나 모으다니, 위험하다구요!

: 이 사람들, 몬스터를 쓰러뜨리기 전에 먼저 해야 할 일이 있지 않아?

: 아기랑 마마랑 스○○로와 일러스트레이터의 파티라는 건 대체 무슨 일이 일어나야 모이는 거냐?

: 종합 격투기인가?

: 태클 역의 마시롱, 과로사 예정.

"벌꿀 주세요. 아기가 바라고 있잖아요? 자, 얼른 플리플리플리즈."

"어쩐지 좀 짜증나는 모 노란 곰 같아졌네. 난 카에루 짱이랑 엮인 횟수가 적은데, 벌써 불길한 예감밖에 안 들어."

"저도 벌꿀 주세요. 레몬맛으로 슈와슈와하면서 알코올로 HIGH해질 수 있는 녀석으로 희망합니다."

"슈와 짱, 그건 벌꿀이라고 안 해. 그리고 나 혼자서 태클 거는 거 지치기 시작했어. 시온 선배, 헬프 가능해요?"

"자, 카에루 짱! 여기 벌꿀 있단다, 이리 온!"

"뭔가 섞여 있을 것 같아 무서우니까 사양할래요."

"시온 마마의 벌꿀이거든? 먹을 수 있지? 응? 못 먹을 리 없지?"

"이제 모든 게 무서워요."

"안 되겠네."

스ㅇㅇ로를 마셨더니, 어머나 신기해라! 그렇게 눈을 의심하고 싶어졌던 파티라도 지금은 기분 좋아서 어쩔 줄 모르는 슈와 짱이드아~!

오늘도 머릿속을 제로로 만들고 날려버리러 갑시다~!!

"자, 얼른 꿀 내놔아! 이 몸은 아기거든? 아앙? 아기를 괴롭히면 온 세상이 가만 안 있거든?"

"이 애, 동기한테 나쁜 영향 받기 시작한 거 아니야? 그리고 아기한테 벌꿀을 주면 안 된다고 어디서 들은 적이 있는 것 같은데."

"몬사냥에서 아기 인정을 받고 싶으면 이 단어를 말해두라고 시청자 마마가 그랬어요."

"그렇구나. 모르는 사람을 위해서 설명하자면 몬사냥 업계에서 지금 그 워드는 한 방에 초심자로 인정받을 수 있는 마법의 워드야. 뭐, 대개의 경우 어그로만 끌게 되지만. 아마 카에루 쨩은 속은 거야."

"뭐라고오?! 우에에에엥, 마마! 카에루 속아버렸어…… 위로해줘."

"그렇다는데, 슈와 쨩."

"귀하의 마마는 내가 아니다."

"그래! 맞아! 이 시온 마마가 바로 진정한 마마야! 자, 카에루 쨩! 이런 냉혹한 주정뱅이는 버리고 이쪽으로 오렴."

"에…… 그치만, 마마는 마마니까…… 분명히 카에루의 마마는 섹드립을 엄청 좋아하고 여자를 밝히고 술에 사족을 못 쓰고 간단히 바람을 피우고 여자랑 S○X한다고 생각한 다음 순간에는 스○○로랑 S○X하는 사람이지만, 그래도 단 한 명의 마마니까……."

"이 녀석! 하지만 외모는 괜찮으니까 수많은 사람에게 피싱 사기를 치고 있다는 걸 빠뜨렸잖아."

"그걸 스스로 덧붙이는구나."

크으! 여전히 담담한 마시롱의 태클은 참을 수가 없어! 어쩐지 홈그라운드에 돌아온 기분이 드네!

역시 나에게 마시롱은 일반인이 생각하는 친가 같은 존

재인 거겠지. 있기만 해도 안심할 수 있는 존재란 거야!

"있지, 마시롱. 갑작스럽지만 마시롱에게 나는 어떤 존재야?"

"응? 스○○로."

이거 위험해! 나는 친가 같다고 생각했던 사람은 나를 155엔으로 살 수 있는 캔 츄하이라고 생각하잖아! 이런 게 말이 돼?

"카에루는 마마라고 생각해요(단언)."

"시온 마마도 손이 많이 가는 애지만 소중한 딸이라고 생각해!"

"오오! 좋아좋아좋아! 이런 대답을 기대한 거야! 그래서 마시롱은?"

"응? 스○○로."

"오우 마이 갓~."

응. 그거다. 아마 단 둘이 있는 게 아니니까 쑥스러운 걸 거야. 응. 그런 걸로 해두자.

: 오히려 선배와 후배에게 딸이랑 마마로 인식되는 게 이상한 거 아냐?

: 그러게. 기세에 휩쓸려 눈치 못 챘어.

: 지금, 자신을 아기라고 주장하며 선배를 협박한 20대 후반의 여성을 체포했습니다.

: 평범하게 위험한 사건이잖아ㅋㅋ

: 즉답하는 마시롱에게서 어째선지 사랑을 느꼈다.

이대로 잡담 방송을 해도 즐거울 것 같지만, 기대하고 방송을 찾아와준 시청자들을 위해서 이제 슬슬 당초의 목적을 이루도록 해야지.

이번에 토벌하러 가는 건 『뿌루뿌루』란 이름의 몬스터다. 채팅창의 반응을 보니 시청자들에게도 인기 있는 몬스터 같다.

"뿌루뿌루는 어떤 몬스터인가요? 카에루는 처음이라 전혀 모르는데요."

"시온 마마도 모르겠어. 하지만 이렇게 귀여운 이름이니까 분명히 귀여울 거야! 콜라겐이 듬뿍 있다거나!"

"나도 그럴 것 같다는 생각이 든드아! 처녀막을 빼앗는 보람이 있는 몬스터면 좋겠네에. 아, 마시롱은 분명히 경험자였지? 어떤 건지 알고 있지?"

"……뭐, 분명히 알고는 있는데…… 응. 이름 그대로 탱글탱글한 몬스터야."

""""오오!""""

이건 기대가 높아지는구만! 내 랜스도 폭발 직전이다!

그리하여 퀘스트를 하러 간드아~!!

"그러면 이번 사냥의 스타팅 멤버를 발표한다! 먼저 처음으로 이 슈와! 그리고 마시롱!"

"네에~."

"시온 마마!"

"네!"

"카에루 쨩!"

"네!"

"귀국 준비를 해라."

"포기하지 말아주십쇼!"

: 뿌루뿌루는 안 돼앳!

: 거짓말은 안했다.

: 실제로 귀여우니까.

: 슈와 쨩, 그거랑 하는 거냐? 힘내라!

: 통과의례 떴다.

: 카에루 쨩이 즐거워 보이는 게 제일 기뻐. 따뜻하구만.

그러면 퀘스트 시작!

이 충실하면서도 피비린내 나는 사냥꾼 생활 속에서 흔하게 만날 수 없는 치유계 몬스터다. 뿌루뿌루를 만나기 위해 우리는 모두 대쉬해서 갔는데…….

""""…………."""""

목표물의 모습을 보자 마시롱을 제외한 세 명은 나란히 발걸음이 우뚝 멈추고, 몇 초 동안 말이 없어졌다.

아니, 알겠어. 아마 시선 끝에 있는 저 용 같은 실루엣의 몬스터가 뿌루뿌루겠지.

왜냐면 전신이 아주 탱글탱글하니까. 너무 촉촉해서 뭔가 이상한 액체까지 떨어질 정도로. 게다가 온몸의 피부도 백옥 같아서, 너무 하얗다 보니 안의 혈관이 비쳐 보일 정도였다.

색소가 옅은 촉촉한 바디, 그야말로 푸딩 같다.

하지만…… 모든 게 명백하게 지나쳐서 완전 그로테스크한 몬스터가 되지 않았나……?

"뭐, 처음 보면 그렇게 되지. 자, 멍하니 서 있지 말고 얼른 가자."

"아, 잠깐 마시룽 기다려, 설명을."

『키야야아아아아아아!!!!』

"시끄러워어어어어어어?!?!"

주저 없이 돌격해버린 마시룽에게 항의를 하려는 참인데, 이쪽을 발견한 뿌루뿌루의 고막을 꿰뚫는 절규가 내 말을 막았다.

히이이이?! 이쪽을 봐서 처음 깨달았는데 얼굴도 엄청 무서워! 입 말고 다른 파츠를 전부 까먹은 것 같은 얼굴이잖아?!

"야 마시룽! 대○인의 등장 캐릭터를 몬사냥에 내놓으면 안 되잖아! 19금 게임이 되어서 어린애들이 플레이 못 하게 된단 말이야!"

"하다못해 공포 게임 캐릭터로 말해줘."

"카에루, 귀국 준비를 해라. 알겠습다요!"

"이 녀석, 카에루 짱! 퀘스트 리타이어하고 집에 가려고 하지 마! 너는 어엿한 스타팅 멤버야!"

"마마, 아까 들은 거랑 달라요! 아이는 부모의 등을 보고 자라는 거니까 책임을 가지고 발언해 주세요!"

"그런 건 이미 꼴린다고 했을 때부터 포기했거든! 만약 내가 모든 발언에 책임을 져야 한다면 매일 참회실에 다녀야 합니다. 언젠가 참회실의 신부님도 열받아서 내가 참회하기도 전에 설교가 시작될 거예요. 참회실마저 학생지도실로 순식간에 변신!"

"그런 거 모르거든요! 그리고 카에루는 일하고 싶지 않아요! 왜 사냥 같은 걸 해야 하는 건가요! 아기가 일하다니, 사회문제라니까요!"

"놓칠까보냐! 서른줄 여자를 오늘이야말로 아기에서 끌어내주마!"

"비켜! 카에루는 아기다!"

"아까부터 싸우고 있는 거 나쁜인데……."

: 그야말로 예상한 반응 그대로야.

: 몬사냥의 전통이지.

: 슈와 쨩은 교회 안에서 기도하면서 스○○로를 마실 듯.

: 성수(스○○로)

: 대죄주교 탐욕 담당, 슈와쨩 스○○로마신다콩티[#34].

: 참회실인데 호출 당할 것 같다.

#34 대죄주교 소설 『Re: 제로부터 시작하는 이세계 생활』에 등장하는 마녀교의 간부. 인간의 대죄에 해당하는 대죄주교가 존재하며, 모두 사악한 힘을 가지고 있다.

: ㅋㅋㅋㅋ

: 자기 스스로 전력이탈 통보를 하지 마ㅋㅋㅋ

: 셀프 전력이탈ㅋㅋ

크, 이미 퀘스트를 골라버린 건 어쩔 수 없다. 마시롱이 홀로 싸우는 건 가여우니까, 무거운 엉덩이를 들고 나도 가세하도록 할까.

카에루 쨩도 어떻게든 애용하는 활을 손에 잡아준 모양이다. 휴, 다행이야.

……근데, 어라?

전진을 시작한 우리들과 달리, 시온 마마만 아직도 가만히 돌처럼 굳어 있어서 하마터면 그냥 두고 갈 뻔했다.

그러고 보니 아까부터 소란을 떠는 우리들 옆에서, 시온 마마가 한 마디도 말을 안 하고 있었지. 어째서일까?

혹시 뿌루뿌루가 뿌루뿌루했어도 뿌루뿌루는 안 했던 정신적 쇼크로 마음에 깊은 상처를 입어버린 걸까?

그렇지. 시온 마마는 여자애답게 귀여운 걸 아주 좋아하니까, 나○토 게임인가 싶어 샀더니 대마○이었을 때와 같은 대미지를 입었겠지…….

좋아. 이렇게 되면 수도 없이 시온 마마에게 심려를 끼친 실적이 있는 이 슈와 쨩이 멘탈 케어를 해줘야지! 스스로를 반면교사로 삼는 거야!

우선 이럴 때 내가 언제나 시온 마마에게 어떤 말을 하는지를 생각합니다. 어, 그러니까…….

『시온 마마, 기운 내요! 자, 저 뿌루뿌루에서 나오는 미끈미끈한 걸 빨면 분명 감도 3,000배가 될 수 있을 거예요! 분명히 물 밖에 나온 생선처럼 움찔움찔할 거예요! 그렇지, 저와 같이 감도 3,000배 100미터 달리기해요! 어느 쪽이 땅을 기며 부들부들 경련하면서 빨리 달릴 수 있는지 승부하는 거야!』

좋아, 이것의 의미를 반전시키는 겁니다. 그러면 분명 시온 마마의 멘탈을 한 방에 회복시키는 갓 대사가 될 거야!

『시온 마마, 기운 내요! 자, 저 뿌루뿌루에서 나오는 미끈미끈한 걸 빨면 분명 감도가 사라질 거예요. 분명히 아무것도 느끼지 못하게 되겠죠. 그렇지, 저와 같이 감도 없이 멍~하니 있어봐요. 어느 쪽이 인생을 허무하게 할 수 있는지 승부해요.』

뭔가 눈에서 빛이 사라진 병적인 히로인이 됐잖아!

이래선 안 돼. 더 좋은 수단을 생각해야 해……!

그렇게 생각하여 머리를 회전시키던 나였지만, 문득 시온 마마가 중얼거린 작은 목소리가 들렸다.

"귀여워……."

""""네?""""

그리고 그 목소리에는 신기한 열이 담겨 있는 것 같았다──.

"저기…… 시온 마마? 방금 뭐라고 했어요?"

내가 조심조심 물어보자, 그녀는 방금까지 말이 없던 것과 딴판으로 흥분해서 말하기 시작했다.

"뿌루뿌루, 엄청 귀여워! 뭔가 포동포동하고 둔해 보이고, 울보인 점도……. 정말로 아기 같아……."

귀를 의심하고 싶어지는 말을 남기며 또다시 황홀한 열기를 띤 시선으로 뿌루뿌루 관찰을 재개하는 시온 마마.

네?

"저기, 카에루 쨩? 네 눈에는 저 3D 야애니에서 본 적 있는 듯한 미지의 괴물이 아기로 보이니?"

"야애니인지 아닌지는 모르겠지만, 저걸 아기라고 부르는 건 진심으로 납득할 수가 없어요. 아기라는 건 카에루처럼 손이 가지만 귀여운 애를 말하는 거야."

"너도 보통은 아기라고 안 하거든? 그냥 손이 많이 가는 어른이야."

"마마는 무슨 말을 하는 건가요? 자립하고 있으니까, 다시 말해서 손이 안 가니까 어른이라고 하는 거예요. 그 점에서 혼자 살아가지 못하는 카에루는 가장 어른과 동떨어진 존재라고 할 수 있어요."

"스스로 말하고도 슬퍼지지 않아?"

"그렇진 않아요. 왜냐면 카에루는 아기니까요."

: 시온 마마의 정신상태가 걱정이다.

: 몬사냥의 모에 캐릭터가 가진 매력을 이해하다니, 언젠가 함께 알비노 농축액을 마시고 싶군.

: 나는 따라잡을 수 있을까? 시온 마마가 살아가는 세계의 스피드에.

: 만약 남자가 따라잡아 버리면 범죄급이니까 제발 돌아가.

: 오토코노코(낭자애) 마마일지도 모르잖아.

: 남자인지 낭자인지 마마인지 확실하게 정해!

: 웃느라 배 아파ㅋㅋ

: 이야~ 그건 그렇고 뿌루뿌루 배틀 브금은 역시 갓이야.

: 브금이고 나발이고 이 녀석의 전투곡은 완전 무음인데요…….

: 뿌루뿌루는 귀여워. 이견은 인정하지. 다만 내겐 이견을 들어 줄 귀가 없다.

: 훌륭한 자세다.

: 전투 브금은 장면을 돋보이게 만들려고 있는 거지. 자기 주장을 관두고 주역을 돋보이게 만드는 발상의 역전은 그야말로 음악계의 피카소야.

: 아트 업계가 폭발할 소리를ㅋㅋ

: 난 후렴 파트가 좋더라.

: 후렴 파트는 대체 어딘데……?

"아무래도 이대로는 안 되겠어. 카에루 쨩, 협력해서 시온 마마를 이쪽 세계로 데리고 오자!"

"알겠어요. 괴물계에서 아기계로 데리고 돌아와서 카에루의 마마로 만들어야겠어요."

"이걸 기회 삼아 스○○로계로 끌어들여서 동지를 늘려주지. 매상에 공헌하는 거야!"

"어느 쪽이든 지옥 아냐?"

: 안 되겠어, 이 녀석들. 얼른 어떻게든 하지 않으면!

: 마시롱의 냉정한 태클, 완전 좋아.

: 지금은 협력하고 있지만 막상 공통된 적이 사라지면 방향성의 차이로 대립할 것 같은 느낌.

: 냉전이냐?

: 세상의 시선이 차가운 전쟁, 줄여서 냉전.

우선 나부터 간다!

"시온 마마, 자세히 봐요. 저런 괴물은 절대 안 귀여워요. 봐요! 다가가기만 해도 꿀꺽 삼켜질 것 같아요."

"아이를 위해서 양식이 되는 것은 어머니의 사명. 나는 어떤 아이라도 버리지 않아!"

"알코올 중독 성희롱 여자조차 아기 취급하는 정도니까 설득력이 장난 아니네. 아, 그게 아니고. 카에루 짱이 바람피운다고 슬퍼하잖아요?"

"어? 정말?"

"정말이에요. 그치, 카에루 짱?"

"응애애애애! 우에에에에에엥!!"

"이 녀석, 뿌루뿌루 같네."

"야, 마마. 배신하지 마."

"미안미안. 봐요, 시온 마마. 카에루 짱이 울고 있거든요?"

"그렇네…… 육아 포기는 절대 하면 안 되지. ……좋아, 알았어!"

오! 해냈나?!

"그러면 이제부터 카에루 짱은 뿌루뿌루의 여동생으로 해줄게! 자매 둘 다 차별 없이 귀여워해 줄 테니까!"

"잘됐구나, 카에루 짱. 아기의 지위를 지킨 데다가 의붓 여동생이라는 최강 클래스의 속성까지 획득했어!"

"마마는 아까부터 어느 쪽 편인가요?! 저런 거랑 자매가 되는 건 취직만큼 싫어요!"

"취직에 대한 혐오감이 너무 높잖아……."

"일하면 지는 거라고 생각하니까요."

『키야야아아아아아아아!!!!』

"아하아아앗~~~! 자궁에 소리가 울려어어어어어어엇!!!!"

그, 글렀다! 이제 시온 마마는 돌아오지 못하는 곳까지 간 걸지도 몰라!

큭, 이렇게 되면 실력행사밖에 없다!

"카에루 짱! 마시롱에게 가세해서 얼른 뿌루뿌루를 처치하자! 시온 마마를 막아야 해!"

"카에루의 궁술, 보여드리겠어요."

"이 녀서어어어억!! 사랑스러운 뿌루뿌루를 공격하지 마아!!!!"

"잠깐?! 공격을 방해하지 말아주세요, 시온 마마!!"

"카에루의 화살을 몸으로 막았어?!"

"뭔가 토벌 대상이 한 명 늘었는데, 내가 지쳐서 그런가……?"

그러고 나선 주로 외적 요인으로 고전을 하게 되었지만, 어떻게든 무사히 퀘스트를 클리어하고 시온 마마를 본래대로 되돌릴 수 있었다(돌아온 곳이 제정신인지는 불명이다).

이쯤 되니 팀원이 한 명 늘어나면 그만큼 사냥이 지치니까 게임 회사도 깜짝 놀랄 거야.

하지만 이 난장판도 함께 게임을 하는 즐거움이라고 나는 생각했다. 게임 내용은 불평할 것 없이 재미있었으니, 앞으로도 계속 놀고 싶네.

결론부터 말해서, 몬사냥의 세계에서도 라이브온은 라이브온 같습니다…….

슈와 쨩의 카스텔라 답변

자자, 오늘도 슈와 쨩의 방송 시간이 찾아왔습니다!

콜라보 연타도 일단락되고, 오늘 밤은 혼자서 카스텔라 답변을 메인으로 한 잡담 방송이다.

혼자서 마음 편히 방송하는 것도 즐겁다니까. 적당하게 힘을 빼도 되니까 평소처럼 소란스럽지는 않을지도 모르지만, 콜라보 때보다 시청자들과 거리가 가깝게 느껴지니까 그것도 마음에 든단 말이지. 콜라보 상대가 시청자 같은 느낌이야.

……아~, 하지만 솔로 방송이라고 해도 이제 곧 세이 님의 수익화가 사라지고 일주일이 조금 지난다. 세이 님이 방송을 재개하긴 했지만 솔로 방송만 하는 게 마음에 걸릴지도 모르겠다. 다음에 내 쪽에서 콜라보 제안을 해볼까?

"푸슉! 다들 기다렸지! 슈와 쨩이 왔드아~!"

: 드아~(마시롱 버전)

: 왔구나아!

: 요즘 슈와 쨩의 목소리를 안 들으면 잠을 못 자게 됐지 뭐야.

: 알코올 중독이냐?

: 슈와 쨩 찐팬을 알코올 중독이라고 부르는 건 관두자…….

"제~로~(미성). 자, 그리하여 시작됐습니다. News ST**NG ZERO의 시간입니다. 그러면 늘 하는 카스텔라 답변 코너를 시작하지요. 우선 처음은 이것부터!"

: 제~로~(취한 목소리)

: 강해 보이는 뉴스 방송이 시작됐는걸.

: 분명히 방금 생각했을 거야.

: 결국 news조차 아닌 게 개그.

: 우~웩~(방송사고)

@한 캔 하자구! By 스○○로@

"동반자 스○○로, 얼른 구현해줘."

@실수로 냉동실에 스○○로를 넣어 버렸습니다…….

얼른 구출해야 한다고 생각하는 반면, 무서워서 문을 열지 못하고 있어요.

이런 저에게 문을 열고, 스○○로를 구할 용기를 주세요!

그리고 사흘 전에 넣은 것으로 추정됨@

"캔을 파괴해서 내용물을 꺼낸다, 뭔가로 갈아낸다. 이렇게만 해도 쌉싸름한 어른의 레몬 빙수가 완성! 취향에 따라 시럽을 뿌려서 드세요! By 미슐랭 별 0개 쉐프, 슈와로부터."

@워커, 레몬, 인공감미료, 액체질소를 구입해서 스○○로를 직접 안 만들래요? 물론 회사경비로. 그러면 언제든지 갓 만든, 다시 말해서 로리 스○○로를 즐길 수 있습니다. 게다가 태어났을 때부터 성인인 합법 로리입니다! 핥거나 마시거나 할 수 있어요!!

……읏……후우…….

누님x로리, 좋다고 생각합니다.@

"으음~. ……나는 스○○로에 재료뿐 아니라 뭔가 특별한 것이 들어 있는 것 같단 말이지. 그거야. 여친이 만들어 준 요리는 맛 말고도 뭔가 마음이 만족스러운 느낌이 들잖아? 그러니까 나는 사랑스러운 욘토리 쨩이 만들어준 스○○로를 마시고 싶은 거야. 그건 그렇고 누님x로리는 세계무형문화유산이며, 로리를 보고 가슴이 쿵쾅거리는 언니는 완전 꼴리는걸."

@지금 앓아누워 있어서 떠올랐는데, 슈와 쨩은 라이버들 중에 누구한테 간병을 받고 싶어? 또 어떤 간병을 해줬으면 좋겠어?@

"나른한 몸으로 눈을 뜨면, 그곳에 샤미 쨩이 걱정스러운 표정으로 내 손을 쥐고 있는 거야. 내가 『감기 옮을 텐데?』라고 말하면 히카리 쨩이 『최강인 내가 감기 따윈 해치워줄게!』 하고 말하면서 나한테 힘차게 입을 맞추는 거지. 깜짝 놀라면서 눈을 감은 내가 몇 초 뒤에 해방되어 눈을 뜨자, 그곳엔 얼굴이 빨개지면서 장난꾸러기처럼 웃음을 지은 마시롱이 있지. 그리고 나는 그것에 행복을 느끼는 거야."

: 동반자 스○○로는 대체 어떻게 싸우는 거냐…….

: 미슐랭한테 엄청 저평가 당하잖아ㅋㅋ

: 세상에 여친의 수제 요리와 양산된 캔 음료를 같은 수준으로 놓고 말하는 인간이 있을 줄은 몰랐다.

: 마지막 카스텔라 답변은 등장인물부터 일치시켜주길.

: 3인 1역은 완전 카오스 ¥2,525

: 동기 세 명에게 간병해달라고 하면 되는데 어째서 한 명에 다 담으려고 하는 거야……?

“그리고 지금 카스텔라 보낸 사람, 앓아누워 있다는데 괜찮아? 하다못해 기운이 나도록 방송 열심히 할 테니까 보고 있어! 하지만, 카스텔라가 진짜로 대부분 스ㅇㅇ로 관련인 건 내 탓이 아니니까 용서해줘!! 이제 카스텔라가 아니라 스ㅇㅇ로 개그 선수권 대회가 됐다니까. 카스텔라가 아니라 스ㅇㅇ로를 던지는 거, 이상하지 않습니까?”

@실제로 마시롱하고 어디까지 갔어요?@

“후하하하! 그야 마음은 완전히 이어져 있어요! 그 증거로 요즘 통화를 하면 내가 기분 좋을 때나 지쳐 있을 때, 한마디도 안 했는데 눈치를 채준다니까! 분명히 나를 너무 좋아해서 마음을 읽을 수 있게 되어 버린 거야, 마시롱은! 정말~ 마음속을 도청하다니 부끄럽잖아~!”

: 최고다!

: 너한테도 부끄러움이란 감정이 있었구나.

: 슈와 쨩은 평상시 너무 장난 아니라서 도청당해도 아무 문제 없잖아.

: 목소리가 아니라 인생으로 알몸의 마음을 노래하는 여자니까.

: 그렇군. 미리 말해두면 도청이 안 되는 법이니까. 살을 내주고 뼈도 도려낸다는 도청 대책법은 참신한걸.

: 그거 그냥 살이든 뼈든 다 당한 거라고~.

〈이로도리 마시로〉: 마음 같은 건 못 읽어요.

: 딱 잘라 부정당해서 웃기네ㅋㅋ

"에이~ 부끄러워하기는. 어쩔 수가 없네~ 마시롱은! 자, 좋은 말을 전할 테니까 지금 내 마음 읽어보렴? 자, 아주 좋아하는 슈와 쨩의 마음속 읽어보라고? 마시롱도 마시마시룰루하게 되는 기쁜 말을 전할 테니까 읽어봐!"

:

:

:

: 아무리 기다려도 마시롱이 잠잠한데요?

: 돌아갔을 듯ㅋㅋ

"거짓말이지? 마시롱~? 어~이?! 얼른 나를 도청하라고! 이 갈 곳 없는 내 마음은 어떡해야 하는 거야?!"

: 도청하라고, 에서 터짐ㅋㅋ

: 도청 애원 의존증 오컬트 여자의 등장.

: 세상에 그런 일이 방송이었나요?

: 그대로 갈 곳 없는 편이 아마 행복할 겁니다.

: 어차피 쓸데없는 걸 테니까ㅋㅋㅋ

: 마음이 이어져서 슈와 쨩의 심장 소리 ASMR을 듣고 싶습니다.

: 오, 그거 좋네.

: 심장 소리인데 어째선지 탄산 소리가 나겠지.

: 스○○로 쨩의 심장 소리 ASMR도 듣고 싶어요!

: 그보다도 스○○로 쨩과 슈와 쨩의 심장 소리를 샌드위치해서 듣고 싶어요!

: 심장 소리 샌드위치는 어쩐지 야겜 타이틀처럼 들리는걸.

: 심장 소리는커녕 스○○로 쨩은 마음조차 없잖아.

: 아란칼[#35]인가?

: XⅢ 기관[#36]이지.

: 둘 다 아니거든.

: 스○○로 쨩은 무표정하고 언뜻 차가워 보이지만, 한번 마음이 통하면 따스한 친구라고.

: 스○○로가 캐릭터 취급을 받는 건 이상해…….

: 스○○로는 라이브온의 명예 3기생이니까.

"이제 됐어! 슈와 쨩은 화났어요. 마시롱에게 전하려고 했던 사랑의 말, 여기서 공개해 버리겠어요! 들어주세요, 『원장의 가슴은 라이브온의 번장, 그리고 마시롱의 가슴은 라이브온의 빨래판』."

: 놀리고 있잖아ㅋㅋㅋ

: 그러니까 갈 곳 없는 편이 행복하다고…….

〈이로도리 마시로〉: 나 화났어. 다음부터 슈와 쨩의 일러

#35 아란칼 만화 『블리치』에 등장하는 종족. 인간의 영혼이 마음을 잃고 타락한 호로보다도 상급의 존재.

#36 XⅢ 기관 게임 『킹덤 하츠』 시리즈에 등장하는 조직. 강인한 자가 마음을 잃었을 때, 남은 육체가 변질된 존재인 「노바디」 중에서도 특출하게 강한 자들이 모여 만든 집단이다.

스트도 가슴을 전부 파헤쳐서 그려주겠어.

: 모녀 싸움 발발!

: 빈유라고 하면 삐치는 마시롱, 넘 좋아.

: 마시롱에게 가슴이 있으면 그건 더 이상 마시롱이 아냐.

"오, 마시롱 발견~! 역시 있었네! 정말 츤데레라니까~. 괜찮아. 방금 그건 거짓말이고, 사실은 사랑에 빠질 정도의 달콤한 말을 전했으니까!"

〈이로도리 마시로〉: 이제 잘 거예요.

: 망상이 부푸는군.

: 이건 분명히 마시롱이 쑥스러워하는 거야!

: 고찰반입니다. 쑥스러워하는 것 말고는 인정 안 합니다.

: 단정 말고 고찰을 하도록.

〈소우마 아리스〉: 저도 아와유키 공의 마음을 읽는 것입니다! 『아리스 쨩은 스○○로랑 비슷할 정도로 귀엽네』라고 말한 것이지 말입니다!

: 아리스 쨩, 그건 자신의 마음을 읽은 거 아냐?

: 최상급 칭찬의 말이잖아ㅋㅋ

: 너무 웃겨서 숨 넘어갈 것 같아ㅋㅋ

〈아사기리 하레루〉: 마음을 읽었는데 후끈후끈한걸///

: 하레룽?!

: 읽을 수 있다고?!?!

: 거짓말이라고 생각하지만, 천재 하레룽이라면 읽을 수

있어도 신기할 거 없어.

: 내용을! 내용을 가르쳐 주세요! 뭐든지 할 테니까요!

"하레루 선배, 후배의 프라이버시는 지켜 주세요~."

〈아사기리 하레루〉: 네~에.

: 슈와 쨩은 일단 자기 프라이버시부터 지키지 않을래?

: 입막음한다는 건, 역시 달콤한 말인가?!

"아, 하레루 선배, 그러고 보니 선배한테는 아직 말을 안 한 것 같으니까 지금 해둘게요. S○X할래요?"

: 머리가 어디까지 비정상인 거야ㅋㅋㅋ

: 숨 쉬는 것처럼 성교 제안. 내가 아니었더라면 놓쳤을 거야.

〈아사기리 하레루〉: 그런 「편의점 갈래?」 같은 느낌으로 말할 줄은 몰랐어. 나중에 세이세이한테 교대를 부탁해둬야지.

: 이렇게까지 자연스럽게 제안하면 어떤 여자애라도 두근거리겠네.

: 두근(경찰을 불러야지)!

: 완전 스마트해. 보건 교과서에 싣는 편이 좋을 수준이야. 세상 남자들이 본받아야 합니다.

: 내일부터 출산율 저조 문제가 사라지겠어.

: 정조 상실 세계.

: 컬러 CG집 에로 만화에 있을 법한 설정이잖아.

: 폴리스맨, 컴 온!

: 오늘의 미션 달성.

사랑스러운 마시롱과 하레루 선배가 와버린 탓에 이야기가 좀 옆으로 샜네. 이제 다시 카스텔라 답변으로 돌아갈까요!

"어디~. 다음 카스텔라는~ 이거다!"

@첫사랑의 애니 캐릭터는 누구인가요?

참고로 저는 카드캡터 사○라의 토모요입니다.@

"아~ 이거 말이야~, 좋아하는 애니 캐릭터라면 꽤 많이 떠오르지만, 첫사랑이면 누구일까……? 다들 누가 떠올라?"

: 첫사랑이라면 아○나미 레이. 여기서 내 오타쿠 인생이 결정됐다.

: 코드 기○스의 유피, 아마도 첫사랑이었다.

: 그 대사, 말하고 싶었을 뿐이지?ㅋㅋ

: 난 치비○루코. 앞머리가 악어 이빨 같아서 귀여워. 먹히고 싶어!

: ???

: 너무 이상성욕인데?

"오~, 애니 이야기는 역시 분위기가 사는걸~ 나는…… 아마 코○의 홍장미일까?"

: 아~, 어쩐지 알 것 같아.

: 절묘하게 이해되는 라인.

: 정말로?

: 청소년들이 성을 깨닫게 해주는 집행부대의 필두지.

: 모두의 보건 선생님이잖아.

: 다양한 사람들이 있구만~.

: 순수한 마음으로 보고 있던 나를 칭찬해줬으면 해.

: 당연하다는 듯 여자 캐릭터인데 아무도 의문을 안 가지는 게 웃겨ㅋㅋ

: 로리콘인가요?

"로, 로리콘이라고 하지 마! 어디까지나 어린 시절의 첫사랑 이야기잖아! 그게 말이야, 원래는 어른이란 설정이 있다고 해도 그 늠름한 목소리나 동작 속에서 문득 여자애다움을 아울러 갖추고 있는 건 이제 어린애가 뿜어도 되는 색기가 아니라고 생각하거든. 하지만 그게 당시의 나랑 같은 어린애의 몸에 담겨 있는 거야. 그게 의문의 친근감을 불러일으키는 거고, 그게 가슴에 푹 박힌 걸까?"

: 말 많은 오타쿠 모드 해제해ㅋㅋㅋ

: 이야~ 좀 끔찍하네요.

: 솔직히 이해하지만 막상 말하는 걸 들으니 좀 그렇네요.

: 다들 태세 뒤집는 거 뭐냐고ㅋㅋ

: 검은 양복을 입은 수상한 남자들의 거래 현장을 목격했다! 그 장면에 정신을 빼앗긴 난…… 다른 한 패가 등 뒤에서 접근하는 걸 눈치채지 못한 채 당하고 말았다……. 그 남자는 나에게 이상한 약을 먹였고, 정신을 차려보니…… 아

랫도리가 부풀어 있었다!

: BL 동인지의 도입부는 관둡시다.

"진지하게 카스텔라에 대답했을 뿐인데…… 다음 갑니다……."

@【게로로의 행진】

게로 게로 게로 게로! 힘~차게!

게로 게로 게로! 토하자~!

우리 앞에 있는 모든 술병들 겁낼 필요 없다~!

아와유키 오늘도 방송 종료 깜빡했다네~

아침에 눈을 뜨니 전화 걸려와

토하면서 방송을 끈다~

시청자의 반응은 어떨~까요

이게 뭐야 위험해 SNS 트렌드 1위!@

"진짜 완전 내 스타일이야. 하지만 카스텔라에서 이미 완성되어 있으니 나는 무슨 반응을 해야 하지? 그럼 불러볼까!"

: 문자뿐인데 그 리듬이 들려오는 거, 장난 아닌걸.

: 정말로 노래하기 시작했잖아ㅋㅋ

: 슈와 쨩, 외계인설 등장.

: 어, 지구인이었어?

: 게로로는 본편에 나오던가?

: 애니메이션에서 함장으로 나왔었지?

: 호오~. 패러디가 많고 개그 파트도 재미있었던 기억이 있으니까 다시 한번 볼까.

“……그러고 보니까, 아리스 쨩은 중사랑 말끝이 비슷하지? 걔야말로 외계인 아닐까?”

: 앗(눈치챔)

: 너는 너무 많이 알았다.

〈소우마 아리스〉: 데빌○ 성 출신이지 말입니다! 아와유키 공과 결혼하기 위해 왔지 말입니다!

: 타○스가 멸망시킨 별이잖아.

: 너는 존재해선 안 되는 생물이다!![#37]

“꼬리부터 돋아난 다음에 말하렴.”

@혹시 오리지널 곡을 낸다면 가창력으로 밀어붙이는 발라드 곡(아와 쨩), 개그에 몰빵한 전파곡(슈와 쨩) 중에 어느 쪽이 좋은가요?@

“진심을 말하자면 둘 다 하고 싶지만…… 오리지널 곡이라~, 나를 위한 곡은 동경하게 되네. 다들 어느 쪽이 듣고 싶어?”

: 전파쪽. 드럼 파트는 전부 스○○로에서 나온 소리로 녹음하자.

: 스네어가 푸슉!, 하이햇이 빈 캔 두드리는 소리, 탬은 미

#37 너는 존재해선 안 되는 생물이다! 만화 『데드풀 : SAMURAI』의 한 장면. 만화 『투러브 트러블』에 등장하는 데빌룩 성을 타노스가 멸망시켰다는 이야기를 듣자, 데드풀이 분노하며 만화 『귀멸의 칼날』에 나오는 탄지로의 대사를 따라해 SNS에서 화제가 되었다.

개봉 캔, 벌스는 슈와 쨩이 토하는 보이스로 가능해.

: 그거 슈와 쨩의 오리지널 곡보다는 스○○로 CM송 아냐……?

: 슈와 쨩에서 나오는 소리도 스○○로에서 나오는 소리 취급하지 말라고ㅋㅋ

: 발라드곡이 좋겠어. 아와 쨩 노래 잘하니까 어떤 장르든지 가능하다.

: 간장에서 목소리가 나오니까.

: 이게 야마 쨩이 말했던 장성(臟聲)[#38]이라는 건가?

"오~ 여러 가지 아이디어가 나오네요~! ……그렇지. 아와랑 슈와의 콜라보 곡 같은 건 어떨까! 일석이조잖아!"

: 천재가 나타났다.

: 엄청 듣고 싶어!

: 슈와가 개그치면 아와가 태클 거는 느낌인가?

: 꿈의 콜라보.

: 무조건 재밌을 거야!

단숨에 흐름이 빨라지는 채팅창. 역시 노래는 인기가 있구나.

여태 꽤 여러 가지 방면에 손을 댔다고 생각했는데, 이렇게 이야기를 하다 보면 아직 세상에는 경험해보지 않은

#38 장성 성우 야마데라 코이치가 했던 말. 목이 아니라 내장에서부터 소리를 끌어내야 한다고 한 적이 있다.

게 훨씬 많다는 걸 깨닫게 된다.

응. 다음에 운영이랑 의논해서 활동의 폭을 넓혀볼까!

@지금까지 가장 놀랐던 일은 뭔가요?@

다음 카스텔라는…… OK. 이건 또 기억을 더듬는 여행에 나서야겠군.

음…… 그렇네에…….

"맨 먼저 떠오르는 건 방송 종료 깜빡한 거지만, 그건 다들 알고 있으니까 제외하고…… 아, S○GA의 사람이려나. 그건 정말 놀랐거든."

: 너무 놀라서 토했을 정도니까.

: 말로 하니까 벌써 재미있네ㅋㅋㅋ

: S○GA의 사람?

: 의문의 인물이 나왔네.

: 그 대형 게임 회사인 S○GA?

"그래그래. 이렇게만 말하면 의미를 알 수가 없지. 순서대로 설명한드아~!"

: 네~에.

: 부탁드림다!

: 슈와 쨩이니까 어차피 뭔가 엉망인 이야기겠지 ㅎㅎ

: 솔로 방송 때 완전히 토크로 매료시키는 개그맨이니까 ㅋㅋㅋ

: 두근두근 ¥211

"그러면 들어주세요——."

그래. 그건 내가 아직 블랙 기업에 들어가기 전, 인생에 희망을 품고 근거 없이 밝은 장래를 그리고 있던 반짝반짝 고교생일 때 이야기다.

당시 나는 휴일에 번화가에서 놀기 위해 사이가 좋았던 친구와 둘이 주택가에서 버스를 탔다.

딱히 여기까지는 평범하고 아무것도 별난 것 없는 장면이며, 타고 있던 승객도 딱히 한눈에 기발한 느낌인 사람은 없었다.

그러나 한 명— 내 대각선 뒷자리, 옆에 아무도 없는 창가 자리에서 등받이에 고개를 기대고 기분 좋게 졸고 있던 양복 차림의 남성…… 그의 말 한마디로 버스 안이 한순간에 비일상의 세계로 빠져버렸다.

"S○~GA~(미성)."

""""?!?!""""

S○GA의 광고나 게임 기동음 등으로 다들 한 번은 들어본 적이 있을 그 이상하게 미성인 S○~GA~가 잠들어 있는 남성의 입에서, 그야말로 CD음원인가 싶을 만큼 완벽한 음정으로 재생된 것이다.

당연히 다들 반사적으로 돌아보았지만, 남자가 잠들어

있는 걸 확인하고 금방 앞을 돌아보았다.

그러나 버스에 평온이 돌아오는 일은 없었고, 반대로 기이한 긴장감이 떠돌기 시작했다.

왜 S○GA지?

자고 있는데 어디서 그런 미성을 내는 거야?

S○GA의 자객인가? 아니, 세가타 산시로?

메가○라이브는 룸○랑 비슷하단 말이지.

아니, 대체 무슨 꿈을 꾸면 저런 잠꼬대가 나오지?

한 명 한 명의 사고가 완전히 S○GA에 잠식되어, 떠오르는 수많은 의문을 고찰하기 시작했다.

이윽고 정답을 알 수 없는 의문이 미지에 대한 공포로 바뀌어, 다들 정색한 표정으로 얼어붙은 등줄기를 펴고 식은땀을 흘리기 시작했다.

그런 가운데, 기사는 놀라면서도 어떻게든 버스 운전을 계속하고 있는 모양이라, 조금 지나자 다음 버스 정류장에 도착했다.

참고로 이 시간 동안, 버스 안의 대화는 제로였다. 친구와 나란히 앉아 있던 우리도 신기하게 말을 하지 못하고 정면을 바라보며 굳어 있었다.

그리고 다음 버스 정류장에 도착했을 때, 이 긴장은 어느 정도 풀리게 된다. 자고 있던 S○GA의 그 남자가 버스가 멈춘 소리에 눈을 뜬 것이다.

유령에 씐 사람이 제정신으로 돌아왔을 때와 비슷한 느낌일까? 남자가 눈을 떴다 = S○GA남이 멀어진다고 모두가 생각했을 것이다. 버스 안에 안도의 한숨이 들리기 시작했다.

……그때였다. 멈춘 곳이 정류장이기에 사정을 아무것도 모르는 몇 명이 새롭게 버스에 올라타, 그중 한 명이 지금도 살짝 잠에 취한 남자의 옆자리에 다가갔다.

그리고――.

"죄송합니다. 옆에 앉아도 될까요?"

"S○~GA~(미성)."

"응?"

""""""엑?!?!""""""

세계가 또다시 어둠에 휩싸였다.

승객은 다들 또 한 번 남자를 돌아보며 입을 쩍 벌리고 있었다.

앉아도 되냐고 물어본 사람은 무슨 일이 일어났는지 몰라서 멍하니 서 있었다.

"……엥?"

종국에는 잠들어 있던 남자마저 자기가 무슨 말을 했는지 이해 못 한 것처럼 스스로에게 놀라고 있었다.

……결국, 나와 친구가 목적지에서 내릴 때까지, 이질적인 분위기가 이어지게 되었다――.

"——이런 이야기인데, 다들 어떻게 생각해?"

: 그 장면을 상상했더니 너무 초현실적이라 웃김ㅋㅋ

: 마지막의 마지막까지 의미불명이라 웃긴다

: 기묘한 이야기와 필살 개그의 콜라보인가?

: 어떻게 생각하냐고 물어보시면 당연히 「엑?」이거든요.

: 그 남자는 대체 정체가 뭔데 ㅋㅋㅋ

이야기가 끝난 다음의 채팅창은, 예상대로 당황과 웃음이 뒤섞인 카오스가 되어 있었다.

"정말로 그 사람한테 무슨 일이 있었던 걸까…… 참고로 나는 S○GA의 잠복 홍보요원설을 밀고 있어."

: 잠복 공작원처럼 말하지 마.

: 스텔스 마케팅이라는 건 이렇게 하는 거구나.

: 분명히 그 자리에 있던 사람 모두가 S○GA밖에 생각 못하게 되었을 테니까 선전은 대성공이네.

: 그냥 S○GA 오타쿠겠지(명추리).

: 그런 자리에 있었으면 분명히 웃음이 터졌을 거야ㅋㅋ

"아니, 말해두는데 엄청 무서웠거든?! 뇌의 이해를 완전히 넘어선 현상을 눈앞에서 보게 되는 일이란 게 좀처럼 없겠지만, 정체 모를 공포라는 건 농담이 아니라 온몸의 털이 곤두서는구나, 하고생각했다고……."

이상이 내가 생각하는 여태까지 가장 놀랐던 이야기입

니다.

그러나 나는 몰랐다…… 이런 이야기를 한 탓에, 더욱 큰 놀라움이 나에게 구원 신호를 보내게 되어 버렸다는 것을…….

세이 님의 수익화 탈환 계획

스즈키 씨랑 직접 만나서 회의하는 날이었다.

회의 자체는 문제없이 끝나, 그러고 함께 점심도 먹은 뒤의 일이었다. 막상 돌아가려는 참에 사무소에 깜빡 두고 온 물건이 있는 걸 깨달았다.

일단 돌아가서 무사히 두고 온 물건도 회수했다. 이번에야말로 돌아가야지 생각했을 때, 복도의 통로 구석에 설치된 벤치에 낯익은 인물이 앉아 있는 게 보였다.

"어라? 시온 선배?"

"네? 아, 아와유키 짱! 안녕~, 오프에서 만나는 건 오랜만이네! 회의 있어?"

"안녕하세요? 네. 정확하게는 회의 때 깜빡 두고 온 물건 회수하러 온 거지만요……."

"어머나, 그럼 안 되지~ 아와유키 짱! 차분한 걸 보니까 오늘은 괜찮았을지도 모르지만, 깜빡한 물건 하나가 커다란 영향을 끼치는 일도 있으니까!"

"맞는 말이에요……. 간에 잘 새겨둘게요."

“그러니까 앞으로 아와유키 쨩이 깜빡하지 않도록 내가 모든 예정에 동행해서 철저하게 관리해줄게! 스케줄 표를 내놓으렴!”
“싫어요.”
“기분 좋을 정도로 시원스러운 거부구나. 시온 마마도 깜짝 놀랐어…… 방금 새겨두겠다고 했잖아!”
“시온 마마. 제 간에 뭐가 들어 있는지 알고 있나요?”
“……스○○로?”
“슈와 쨩입니다.”
“슈와 쨩은 간에 들어 있어?!”
예상 밖의 대답에 몸을 내밀며 놀라는 시온 선배에게, 어쩐지 즐거워진 나는 자신만만하게 이야기했다.
“지금은 간에 봉인되어 있는 거죠. 나○토의 미수[#39] 같은 거라고 생각하시면 돼요. 스○○로를 마시면 그게 간으로 흘러 들어가 힘을 되찾고, 봉인이 풀려 버리는 겁니다.”
“미수가 간에 봉인되어 있을 리는 없다고 생각하는데…….”
“뭐 그렇게 돼서, 그런 슈와슈와가 사는 곳에 새겨놔도 소용없다는 거죠.”
“또 묘한 궤변을 늘어놓네.”
“이면성이 있는 캐릭터, 멋지지 않아요? 대체로 인기도

#39 미수 만화 『나루토』에서 주인공인 우즈마키 나루토를 비롯한 인주력들에게 봉인되어 있는 강력한 힘을 지닌 짐승들.

많고요."
"그건 좋은 의미로 갭이 생기니까 인기가 생기는 거야."
"저는 다른 건가요?"
"슈와 짱은 갭이 마이너스 쪽으로 가고 있거든! 베○터랑 오○이 퓨전했더니 내○가 나온 느낌!"
"그건 비참하네요. 합체 사고 수준이 아니잖아요……. 참고로 ○퍼와 내○가 퓨전하면 뭐가 나온다고 생각하세요?"
"내내파파 아냐?"
"내○의 아버지가 나와 버렸네."
"마마는 나야!"
"그러면 시청자들이 가만 안 있어요. ○퍼가 SNS에서 불탈 거라고요. 그리고 아까 갭이 뭐라고 하는 것도, 라이브온에서는 저만 그런 게 아니잖아요? 다들 초기 설정에서 마이너스로 확 기울어졌잖아요."
"그렇네. 정말로 난처한 애들이야!"
"당신도 예외가 아니랍니다. 농담은 이 정도로 하고, 깜빡하는 건 정말로 조심할게요."
이렇게 자연스러운 인사로 시작하여 잡담을 나누고 있는데, 그러고 보니 시온 선배는 왜 사무소에 있는 걸까?
"시온 선배도 회의가 있어서 오신 건가요?"
"응. 하지만 나도 아와유키 짱처럼 벌써 끝났어. 같이 온 세이 님이 아직 안 끝난 것 같아서, 기다리고 있어."

“아, 그러고 보니 요전에 만났을 때도 같이 왔었죠. ……어때요? 시온 선배가 보기에 세이 님 상태는?”

“그건 수익화에 대해 말이지?”

“네.”

내가 아는 사람 중에서 세이 님과 가장 가까운 사람은 시온 선배다. 내가 못 본 세이 님의 일면을 봤을지도 모른다. 기왕 만났으니까 물어보기로 했다.

시온 선배는 팔짱을 끼고 잠시 생각하는 동작을 보이더니, 난처하단 표정과 함께 대답했다.

“나는 신경 쓰고 있다고 생각하거든! 하지만 세이 님은 본인 일은 어쩐지 소극적이라고 해야 할까? 약점 보이는 걸 싫어하는 경향이 있으니까 아무 말도 안 해준단 말이야.”

“시온 선배한테도요?”

“그래! 오늘 만났을 때도 『나는 아무것도 신경 안 써』라고 말하듯 태연한 태도였어. 참 멋 부리기 좋아한다니까!”

“그런가요…….”

화난 것 같은 말투지만, 그와 동시에 걱정하는 것도 알 수 있었다.

이런 시온 선배의 모습을 보니…… 그 일이 세이 님한테 적지 않게 어떤 영향을 끼치고 있다고 걸로 봐도 되겠는걸.

“하지만 말이야. 나도 확신을 가지고 말할 수가 없어.”

“어, 그런가요?”

“응. 왜냐면 세이 님은 자주 수익화가 사라진다는 걸로 농담을 했었고, 옛날에 내가 방송 밖에서 『정말로 수익화 사라지면 어떡할 거야?』라고 했더니 『그때는 그때지. 지금은 전력으로 즐긴다. 그게 세이 님이야.』라고 꽤 진심인 것처럼 확실하게 말했었거든.”

으음……. 그러면 또 다른가? 점점 알 수가 없어지네…….

“아니면 수익화 자체는 신경 쓰지 않지만, 달리…….”

“네? 지금 뭐라고——.”

시온 마마가 작은 소리로 중얼거리며 뭔가 말하기에 물어보려고 했는데, 마침 그 타이밍에 가까운 방의 문이 열리고 세이 님이 나왔다.

아무래도 회의가 끝난 모양이다.

“미안, 시온 군. 기다렸지……. 어라? 안녕, 아와유키 군? 너도 와 있었구나.”

“네. 우연히 만나서 조금 이야기를 했어요.”

“그래그래, 그렇군. 기다려준 시온 군이 지루하지 않았다면 다행이야. 감사할게. 무슨 이야기를 했었니?”

“사이○인 내퍼에 대한 이야기요.”

“나미○이[#40]의 전투 모드에 대한 이야기였군.”

“아니아니, 그건 전혀 다른 생판 남이잖아요!”

#40 나미○이 일본의 국민 애니메이션 『사자에상』의 등장인물, 이소노 나미헤이. 두발이 거의 없으며, 정수리에 한 가닥의 머리카락이 있다.

"어라? 내○는 머리 꼭대기에 있는 털 한 가닥이 뽑힌 나○헤이의 격노한 모습이 아니었던가?"

"비슷한 건 두상뿐이잖아요. 체격이나 얼굴이 다른 생물이라고요. 그리고 나미○이는 뒤통수에 머리가 남아 있어요."

"하지만 그 머리칼이 빠졌잖아?"

"그 한 가닥의 머리칼에 어떤 가능성을 느끼고 있는 건가요?"

"나○헤이『이 흙이라면 좋은 재○맨이 자라겠군』."

"아니, 그런 말 안 해요. 분재하는 느낌으로 재○맨을 키우는 나미○이는 싫거든요."

으음~. 이렇게 직접 만나서 대화를 해봐도 그렇게까지 변한 게 없는 것 같단 말이지. 농담을 안 섞으면 죽는 타입의 언동은 평소랑 같다.

하지만 조금, 아주 한순간 방에서 나왔을 때 위화감이 있었던 것 같기도 한 것 같을지도 모른다. 하지만 오프에서 그렇게 많이 만난 게 아니니까 자신이 없네…….

"평소랑 비교해서 꽤 길었네. 무슨 말 들었어?"

시온 선배가 신기하단 기색으로 말했다.

"그야 뭐, 수익화 관련해서 쪽쪽 빨렸습니다."

"탈탈 털렸습니다, 겠지. 대체 무슨 특수한 플레이야? 혼난 거야?"

"혼났다고 해야 할까. 반대로 운영에서도 어느 부분이

수익화 박탈에 걸렸는지 문의를 해주거나, 여러모로 대책을 짜준다는 모양이야."

"정말?! 다행이잖아!"

"그야 물론 고마운 일이지만, 일이 커졌다 싶어서."

쓴웃음을 지으면서 말하는 세이 님.

"하지만 수익화, 얼른 안 돌아오면 세이 님도 난처하지 않아요?"

"물론 그건 그렇지만, 그게, 세이 님은 언제나 라인 위에서 반복 옆 뛰기를 하는 인간이잖아? 지금 와서 수익화가 사라진 것 정도는 더 가벼운 느낌으로 놀려줘도 되지 않을까 생각하는데."

"드디어 본인 입으로 말했네요……. 전에 이야기했을 때도 조금 들었는데요, 세이 님은 이 건도 다들 놀리면서 웃어주면 된다는 느낌인가요?"

"그래그래. 언젠가 수익화도 돌아올 거라 생각하니까. 다만, 그렇게 놀려주는 것도, 다른 사람들 입장에서 생각하면 그렇게 간단한 일이 아니려나……."

"네? 어째서요? 본인이 해도 된다고 하니까, 저는 평소의 울분을 풀고자 기꺼이 철저하게 놀려줄 수 있는데요?"

"분명히 그렇지? 시온 마마도 마마로서 친구로서 세이 님한테는 해주고 싶은 말이 엄청 많으니까, 좋은 기회야!"

"너희들은── 진심으로 그렇게 말해주는 거니?"

"……?? 무슨 문제 있어요?"

"애당초 세이 님은 뭘 벽으로 느끼고 있어? 그걸 알 수가 없는걸?"

"————하하핫."

우리들의 반응을 본 세이 님은 안 어울리게 정말 놀란 기색으로 눈을 커다랗게 뜨더니, 그 다음에 난처한 기색의 동작으로 웃기 시작했다.

"너희들은—— 정말로 상냥한 애들이야. 하지만, 언젠가 알 때가 올 거라고 생각해."

""으응??""

의미심장한 말을 한 세이 님은, 그 이상 말하지 않고 평소의 분위기로 돌아와 사무소의 출구를 향해 걷기 시작했다.

나는 고개를 갸웃거리면서 일단 따라가려고 했지만, 옆에서 시온 선배가 「으으우……」 하고 알 수 없는 소리를 내고 있다는 걸 깨닫고서 발길을 멈추었다.

"시온 선배? 왜 그러세요?"

"맘에 안 들어."

"네?"

"뭐야 저거! 자기만 모든 걸 알고 있습니다~ 하는 태도?! 멋 부리는 것도 이제 좀 작작해!"

"오오오우……."

시온 마마, 설마 했던 분노 폭발이었다.

그 목소리는 멀어져 가는 세이 님의 등에 안 닿을 정도의 성량이었지만, 이렇게까지 불만을 드러내는 그녀의 모습은 처음 봤다.

"방에서 나왔을 때 명백하게 표정이 가라앉아 있었던 거, 다 알거든!"

"아, 시온 선배도 그렇게 생각했어요? 저도 조금 위화감이 있었어요."

"둘 다 그렇게 생각했다면 이제 확정이야! 하지만 저래서는 아무것도 안 가르쳐줄 테니까…… 애당초 수익화가 박탈된 뒤부터 상태가 이상해진 거지? 세이 님의 사정 같은 거 알 게 뭐야. 이렇게 되면 재빨리 그 문제부터 박살내서 오기로라도 해결해주겠어!"

"시, 시온 선배?"

뭔가 어수선한 말을 하기 시작하는데?!

"응? 왜 그러지? 두 사람은 아직 사무소에 용건이 있었니?"

"야, 세이 님!"

"응? 왜 그러지? 그렇게 눈썹을 찌푸리고서?"

"지금부터! 사무소의 방을 빌려서 세이 님의 수익화 탈환 계획 회의를 엽니다!"

""엇?!""

뭐라고 표현할 수 없는 형상으로, 갑자기 시온 선배가 그렇게 선언했다――.

"그러면! 지금부터 세이 님의 수익화 탈환을 계획하기 위한 회의를 개최합니다!"

"마침내! 기다렸습니다!"

"아니, 시온 군? 아까 세이 님이 한 말 들었어? 세이 님은 가능하면 그렇게 일을 키우고 싶지가 않은데?"

"시끄러워! 이제 나르시시스트 세이 님 말 같은 건 알까 보냐!"

"이예~이. 애○시스트래요~."

"뭔가 멋진 단어처럼 말하고 있지만, 그거 그냥 상급 성욕 아닌가, 하레루 군?"

"세이 님도 그럴듯하게 말하잖아. 뭐가 상급 성욕이야. 그냥 변태지."

무심코 태클을 걸어버린 참에, 나는 새삼 테이블에 둘러앉은 자들을 보고 무심코 눈을 게슴츠레하게 떴다.

조금 전의 선언을 한 다음, 세이 님의 손을 끌고 억지로 빌린 방에 들어온 시온 선배. 흐름에 휩쓸려 따라온 나도 포함해서 정말로 묘한 회의가 개최되어버렸다.

나는 딱히 이 뒤로 용건이 있는 것도 없으니 딱히 괜찮은데…….

"어째서 당연한 것처럼 참가한 건가요…… 하레루 선배?"

어째선지 깨달았을 때엔 이 합법 로리가 같은 테이블에 앉아서, 맞장구를 치며 회의 개최를 부추기고 있었다.

"아까 전까지 1초도 함께 안 있었잖아요?"
"오시오가 방을 빌려서 뭔가 재미있는 일을 한단 소리를 듣고 날아왔지!"
"구경꾼이잖아요."
"아~니지롱. 구경꾼이 아니라 어엿한 동료인걸~. 적의 애○시스트인 세이세이도 그렇게 생각하지~?"
"청의 엑○시스트처럼 말하지 마! 내 중2병 전성기를 채색해 준 작품이라고!"
"죄가 많은 작품이네~."
"그런데 너희들. 당연한 것처럼 세이 님을 ○널 캐릭터 취급하는 건 그만두지 않겠어? 그 캐릭터가 정착되어 버리면 돌이킬 수가 없거든?"
""현재 상황에서 돌이킬 수 있다고 봐요?""
"너희들, 작작 좀 해—!! 그렇게 엉덩이 구멍이 좋다면 기저귀라도 차고 와—!!"
""""무슨 화내는 말이 그래?!""""
개막 이후로 조용하던 시온 선배가 갑자기 캐릭터 붕괴급으로 분노를 뿜어내자, 나는 즉시 카에루 쨩에게 전화를 걸었다.
『아, 여보세요~? 마마, 무슨 일인가요? 갑자기 전화하다니, 희한하네요.』
"여보세요? 카에루 쨩, 지금 시온 선배가 기저귀 차고 오라고 외치고 있는데, 올래?"

『기저귀 파티 초대군요, 바로 갈게요.』

"오지 마! 여기서 태클 걸 대상이 늘어나면 회의를 할 상황이 아니게 되잖아!!"

"미안, 역시 기저귀만 가져다주고 돌아갈래?"

『차고 가도 돼요?』

"어, 하지만 4개 필요한데?"

『겹쳐서 차면 문제없어요.』

"하반신이 지○[#41]처럼 될 것 같은데."

"애당초 안 가져와도 돼! 카에루 짱은 집에서 자렴!"

장난을 좀 쳤더니 시온 선배가 통화를 끊어버렸다. 시온 선배가 차고 오라고 했으면서…….

참고로, 지금 이 대화를 하는 사이에 몰래 네코마 선배한테 급하게 회의가 열렸다는 걸 보고하는 채팅을 보냈는데, 『때가 왔다』라는 중2병 같은 대답만 돌아왔다. 어, 나는 어떡해야 되는데? 말리지 않는 걸 보면 이대로 참가하면 되나?

고양이가 무슨 생각을 하는지는 언제나 알 수가 없어…….

"자, 그러면 본격적으로 시작할 거야! 세이 님의 수익화는 누가 뭐래도 내가 되돌려서 한 방에 해결해줄 거야!"

#41 지○ 『기동전사 건담』 시리즈에 등장한 모빌슈트, 「지옹」. 「다리 따위는 장식입니다」로 유명한 기체. 우주에서의 기동 효율성을 올리기 위해, 다리를 없애고 고출력 추진력 장치를 달았다.

"아니, 그러니까 시온 군. 그렇게 욱하지 않아도……."

"흥~이다!"

"이런. 본격적으로 화가 나버린 모양이네, 이거……."

"친구에게 자꾸 이것저것 숨기니까 그런 거예요. 얌전히 따라오세요."

어울리지 않게 어색한 태도가 이어지는 세이 님을 설득했다.

사실 내심 진짜로 싫어하는 분위기였다면 뭔가 액션을 해서 세이 님을 해방시켜줄까도 생각했는데, 난처한 표정을 지으면서도 자리에 잘 앉아 있으니 그렇지도 않은 것 같다고 판단했다.

그것이 도움을 청하는 것인지, 친구에 대한 죄책감 탓인지, 그것 말고는 알 수가 없었지만.

"그건 미안하다고 생각하지만, 세이 님도 아직 생각이 정리되지 않은 부분이 있거든. 가령 뭔가 말한다고 해도 그게 옳다는 자신이 지금은 없단 말이지."

"또~오 말을 빙빙 돌린다! 요컨대 그런 건 전부 다 수익화가 돌아오면 해결되는 거잖아?!"

"뭐 단적으로 말하면, 그럴지도 모르지만……."

"그러면 합니다~! 세이 님의 문제 따위 이 시온 마마가 한 방에 해결해버리겠어요~!"

"나 원, 이래서는 마마가 아니라 어린애잖아. 난처하군."

"걱정하지 마, 세인트! 놀릴 때는 우리가 확실하게 놀려 줄 거니까!"

"맡겨주세요, 샌드백 삼아드릴게요."

"자네들도 어지간하군."

응? 지금 하레루 선배가 세이 님을 세인트라고 불렀나?

"어라? 하레루 선배, 조금 전까지는 세이 님을 세이세이라고 부르지 않았어요?"

"갑자기 부르고 싶어져서 불렀어! 뭔가 딱 감이 안 오니까 세이세이로 되돌릴래! 좋은 거 생각나면 그걸로 부른다! 그게 하레룽 스타일!"

"아아, 평소의 그거네요."

하레루 선배는 라이버를 모두 애칭으로 부르는 것으로 유명한데, 아무래도 뭔가 번득이긴 했지만 금방 꺼져버린 모양이다.

참고로 가입 초기에는 안 부르던 4기생의 애칭도 지금은 정해졌다. 리스트를 만들어 보면,

· 2기생

네코마 선배 = 네코마~

세이 님 = 세이세이

시온 선배 = 오시오

· 3기생

나 = 아왓치 or 슈왓치

마시롱 = 마~시~

샤미 짱 = 챠맛코

히카리 짱 = 피카링

· 4기생

카에루 짱 = 표코스케 (카에루 → 개구리 → 표코스케[#42])

에에라이 짱 = 보스 (번장 → 보스)

아리스 짱 = 아릿치 (아리스 짱의 희망으로 나와 비슷하게 부른다)

—라고 현재는 정착됐다.

"언젠가 슈왓치도 바뀔지도 모르거든?"

"그건 어쩐지 쓸쓸하기도 하네요. 계속 그렇게 불렸으니까요."

"동경하는 선배한테는 온리 원의 이름으로 불리고 싶은 거구나! 알았어, 당분간은 이대로 가자!"

"뭐, 그런 거로도 괜찮아요. 참고로 지금은 어째서 세이세이라고 부르는 건가요?"

"세○트 세이야를 줄여서 세이세이인데?"

"충격의 사실. 세이 님의 요소는 거의 없었다."

"거기 두 사람! 이제 회의 시작할 거야!"

결국 시온 선배에게 주의를 받아 버렸다. 상관없는 수다

#42 표코스케 표코는 「폴짝」이란 뜻의 일본어. 일본어로 「개구리」의 발음이 카에루이기 때문에 여기서 연상한 이름.

는 그만해야지.

"자, 세이 님의 수익화를 누가 뭐래도 되돌릴 깁니다만! 일단 사전에 확인해둬야 할 부분을 모두 공유해야지."

"알았어~. 말을 꺼낸 오시오는 뭔가 있어?"

"일단 애당초 수익화 박탈의 원인이죠. 센시티브한 점이 걸린 거지, 세이 님?"

"그렇지. 요튜브 군이 그렇다고 했어. 구체적인 점은 여전히 전혀 모르겠지만."

"뭐, 그게 틀렸으면 간디마저도 목 위가 날아갈 수준의 『어째서고!』라는 태클을 걸어야죠."

"정말이지, 그건 그렇고 사춘기인 요튜브 군도 난처하군."

"세이 님한테."

"태클을 거는 건 요튜브 군이 아니라 세이 님이니?! 그거 분명히 아와유키 군의 사적인 원한이 들어 있지?!"

"전성기의 하마○ 마사토시[#43]급 태클을 세이세이는 버틸 수 있을까?"

"숨을 쉬는 것처럼 거짓말을 하는 건 그만둬, 하레루 군. 전성기의 하○다는 너무나 위력이 커서 태클 걸린 사람의 몸이 직립부동한 그대로 머리만 날아가고, 더욱이 그 머리가 땅을 파헤치면서 지구를 한 바퀴 돌아 최종적으로 본래의 목 위에 돌아왔잖아."

#43 하마○ 마사토시 일본의 개그맨. 태클 거는 게 특기라서 일본 제일의 태클로도 불린다.

"예술 점수 높은 태클이네요. 물리적으로."

"그만그만! 지금은 요튜브 이야기를 하고 있어~!"

지금 세이 님과 시온 선배의 발언에도 나왔지만, 우리들은 『요튜브』라는 누구나 알고 있는 세계 최대의 동영상 방송 플랫폼에서 방송하고 있다.

물론 전 세계의 대다수가 이용하고 있는 사이트이기 때문에, 다른 라이벌 사이트와 비교해 일류의 서비스가 정비되어 있어서 쾌적하다. 하지만 그만큼 유저가 너무 많은 탓에 문제도 종종 보인다.

일단 꼽아볼 수 있는 건, 이번 세이 님 일하고도 연관이 깊은데, 유저 개인에 대한 관리가 별로 잘 되고 있지 않다는 것이다.

19금 요소를 포함한 것이나 윤리에 문제가 있는 것은 삭제하거나 업로드한 계정에 대해 페널티를 내리는데, 이것의 재량을 요튜브에서는 AI에 맡기고 있었다.

사람이 관리하는 것은 아무리 생각해도 요튜브의 규모로는 한계가 있기 때문에 타당하긴 한데, 올바른 판단 말고도 아무리 봐도 이상한 판단이나 명백한 미스의 판단을 갑자기 내리는 일이 발생하고 만다.

잘 사용하고 있는 이상 그것도 어느 정도 어쩔 수 없다고 생각하는 것이 예의란 것이겠지. 그러나 문제가 있는 건 여기서부터다.

그렇다면 어디가 안 좋고 어디를 수정하면 돌아오는가? 명백한 미스로 삭세됐으면 어떻게 해야 돌아오는가? 이 AI가 튕겨낸 이후의 대응이, 현재의 AI로는 무리이기 때문에 대단히 애매해지는 것이다.

결과적으로 스스로 수정할 점을 발견하는 등의 대응이 필요해지며, 페널티가 사라질 때까지의 기간도 사람에 따라서 뒤죽박죽으로 길거나 짧은 것이다.

운영의 본사가 미국에 있기 때문에, 영어로 문의할 수 있는 사람이 유리하다는 일도 있을 정도다.

이런 문제가 있기는 하지만, 수많은 사람에게 생활의 일부가 되어있다. 이용할 수 없으면 엄청나게 난처할 정도로 편리하고 멋진 플랫폼이라는 건 변함이 없으니, 그건 착각하지 말고 감사를 잊어선 안 된다.

그러나 우리처럼 생활 수입까지 요튜브에 기대고 있는 사람들은, 자신의 활동과 수입을 지키기 위해서 어떻게든 평소부터 엄격하게 신경 쓰는 부분이 많다.

이번 세이 님처럼, 구체적으로 어디가 아웃인지 명확하게 알 수 없는 경우는 엄청 곤란해지는 것이다.

더욱이 말하자면 이것이 라이브온의 첫 수익화 박탈이기 때문에, 대응에 전혀 익숙하질 않다는 것도 크다.

"한번 물어보고 싶은데, 너희들은 세이 님의 어느 부분이 요튜브 군의 성벽에 걸렸다고 생각하지?"

"……존재일까요?"

"아와유키 군, 너무하지 않니?"

"아왓치—."

"그래. 하레루 군. 자네도 뭔가 말을 좀 해줘."

"—그거야."

"야, 임마."

"실제로 아와유키 쨩의 대답이 정답일지도 모르겠네. 정말이지, 세이 님은 조금 조숙한 것뿐인데 요튜브 군은 너무 고지식하다니깐!"

"시온 군 말처럼, 세이 님은 조숙하다니까. 그냥 다리 사이가 조숙해서 오래 기다렸지? 하는 것뿐이야."

"조숙을 넘어서 너무 성숙한 끝에 결과적으로 부패한 느낌이네요."

"방송 플랫폼을 어덜트 사이트로 변경하는 건 어때, 세이세이?"

"AVTuber란 거니?"

"그것도 뭔가 좀 아니지 않나요……?"

이후에도 일단 농담을 빼고 잠깐 동안 이것저것 아이디어를 내봤는데, 결국 과거의 영상을 거슬러 올라가 아웃인 부분을 찾아내고, 재발하지 않도록 이제부터 과격한 점을 지금까지 이상으로 조심한다는 막연한 안밖에 나오지 않았다.

그것도 세이 님의 활동 기간을 봐서 과거 동영상의 수가 방대한 데다가, 과격한 점도 애당초 어디서부터 아웃인가? 라고 물어보면 이 또한 확실하지가 않다.

물론 아직 회의를 시작한 참이니까 이제부터 세세한 부분까지 이야기할 수는 있지만, 어쩐지 엄청나게 비효율적인 것 같아.

선배들도 비슷한 느낌을 받았는지, 어쩐지 미묘한 분위기가 떠돌기 시작해 버렸다.

그런 때에 나한테 직접적인 해결책은 아니지만, 한 가지 아이디어가 떠올랐다.

"이거, 방송에서 하는 편이 좋지 않을까요?"

발언과 함께 단숨에 선배들의 시선이 나에게 집중됐다.

"코어한 시청자 중에는 세이 님 이상으로 세이 님의 방송 이력을 아는 분도 있을지 몰라요. 잘 아는 분이 채팅창에서 좋은 어드바이스를 해줄지도 모르고, 그리고 무엇보다— 세이 님이 바라는 것처럼 놀려먹어 달라는 의사랑 사태의 해결이 양립되잖아요."

"그렇구나. 아직도 세이세이를 걱정하고 있는 시청자가 많을 테니까. 방송에서 화려하게 소재로 삼아 버리면 안심해도 된다고 전할 수도 있고, 해결에 다가갈 수 있을지도 몰라. 나는 좋다고 생각해, 아왓치!"

"그러게. 어쩐지 이대로 계속 회의를 해도 늪에 빠져서 시간만 낭비할 것 같은 생각이 들고 있으니. 그게 기합이 들어가서 좋을지 몰라…… 세이 님은 어떻게 생각해?"

"그야 물론 바라는 바지만…… 정말로 괜찮은 거니? 세이 님이랑 방송을 해도?"

"……뭔가 문제 있나요?"

의문스럽게 확인을 하는 세이 님에게 다른 사람들도 나도 똑같이 고개를 갸웃거렸다.

"아, 하지만 그 방송 날은 나 대신 네코마~가 참가해야 할 것 같아."

"앗, 그래……."

"요즘은 방송에 집중하고 있는데, 지금은 좀 내가 꼭 해야 하는 엄청 중요한 일이 들어왔거든. 이제부터 좀 바빠져."

"아, 아아, 그렇군. 그런 거구나! 알았어, 하레루 군."

……지금 하레루 선배랑 대화하면서, 참가 못 하는 것을 깨달은 타이밍에 명백하게 한순간 세이 님이 슬픈 표정을 지은 것 같아. 세이 님이 그렇게까지 노골적으로 감정을 드러내다니 희한하네.

역시 수익화 건으로 민감해진 부분이 있을지도 모르겠다. 너무 무거운 분위기로 만들지 않도록 마음먹으면서 한시라도 빨리 해결을 해야지.

"그러면 오늘 안에 채팅으로 모두의 일정을 맞추고, 다음에 방송 결정이야!"

시온 선배의 목소리와 함께, 그 날은 일단 해산하게 됐다.

그리고 다음날, 네코마 선배의 예정도 확보하여 드디어 넷이서 온라인 콜라보가 시작되려 하고 있었다.

"방송 전 체크 한다~. 아~아~, 좋아, 목소리 문제없음. 다음은 음량 조절~."

"prrr, prrr."

"응, 지금 그 소리 네코마 선배인가요?"

"냥? 맞는데, 왜 그래~?"

지금은 방송 시작까지 몇 분 안 남은 참인데, 각자 체크하고 있을 때 입술을 진동시키는 소리가 들리기에 신경 쓰여서 물어봤다.

"그건 무슨 효과가 있어요?"

"아~, 어쩐지 입가의 긴장을 푼다거나 여러 가지 효과가 있었던 것 같은데…… 활동 초기부터 하는 거라 루틴 같은 거지."

"그렇군요. 저도 뭔가 해볼까요……."

"앗, 앗, 앗, 하아하아, 아아아아, 앗! 앗! 아앗!"

"얌마, 거기 무직 빗치."

"무슨 일이지? 아와유키 군."

"지금 그 신음 소리는 뭔가요?"

"방송 전의 발성 루틴인데? 옛날부터 하는 거야."

"Sexy 여배우였던 무렵의 루틴이죠, 그거?! 방송 전에 해도 아무 효과 없잖아요!"

"보디빌더의 펌프업 같은 거야. 이걸 하면 예열이 되면서 의욕이 생기거든. 너희도 함께 하지 않겠는가?"

"이 자리를 난교 백합 AV처럼 만들지 마세요. 그리고 귀가 썩으니까 할 거면 음소거하고 하세요."

"어쩔 수 없군, 그럼 목소리는 참을게. 손은 허용해줘."

"손?! 그러면 방금 그건 발성 연습 소리가 아니라 손장난으로 나온 찐 소리?! 예열이라는 건 그거였나요?! 방송 전에 어딜 가고 있는 건데요!!"

"이왕이니 이대로 다 함께 손으로 절정 직전의 보류 상태에서 방송 시작하지 않겠어? 절정 참기 대회를 하자."

"기획물 AV 같은 거 생각하지 마!!"

"세이 님은 3초 정도는 참을 수 있어."

"방송 시작한 순간에 가는 거잖아, 이 근성 없는 것! 만약 AV라고 해도 기획 설명 전에 절정해 버리면 손님이 완전 당황하겠어!"

"그렇지는 않아. AV의 세계에 세간의 상식은 통하지 않는 법이지."

"……정말인가요?"

"그러면 재현해 볼래? 아와유키 군이 개막 기획 설명 역할을 해봐."

"알겠어요. 시작합니다? 자, 여러분 안녕하세요! 오늘도 야한 기획 가봅"

"으으으응가버려어어어어어어엇!!!!"

"시끄러워어어어어어!!!!"

"어, 안 되는 거니?"

"어디에 괜찮은 요소가 있었는데요?"

"아니. 그야, 네가 『가봅시다』라고 말하려고 했으니까, 힘차게 호응해서 『간다!』라고 한 것처럼 안 들렸어?"

"아니, 무리가 있다고요! 힘차게 호응하는 반응이 아니었으니까 촬영 현장이 얼어붙는다고요, 정말이지! 방송 사고는 안 된다니까요!"

""""응?""""

"아, 그렇네요. 저는 어떤 의미로 그 레벨을 넘어선 방송 사고를 일으켰으니까요. 죄송합니다."

……어라? 왜 내가 사과하는 거지?

"그렇지. 더 반성하게나, 아와유키 군."

"그렇지. 좋은 거 생각났어요. 지금부터 방송 내용을 『세이 님의 피를 전부 빼기 대작전』으로 바꾸죠."

"연못의 물 같은 감각으로 대체 무슨 무시무시한 짓을 할 셈이니……? 후우, 뭐 지금까지 세이 님이 말한 건 전부 거짓말이지만 말이야."

“냥, 알고 있었으니까 네코마는 안 놀랐어.”

“저도 그럴 거라고 생각했어요. 여전히 장난치는 버릇이 멈출 줄 모른다니까요.”

“하하하핫! 미안해, 미안해. 루틴 다음에 개그 소재가 떠올라서 말하지 않을 수가 없었어.”

엥? 지금 루틴 다음이라고 했어?

“루틴 전부터가 아니고요?”

“신음 소리를 루틴으로 하는 건 정말인데? 아무리 그래도 손은 안 쓰지만.”

“……그것도 거짓말이죠? 네, 네코마 선배?”

“네코마는 동기니까 알고 있는데, 진짜로 세이는 매번 하고 있어!”

“하, 하지만! 노래방에서 콜라보를 했을 때는 안 했잖아요!”

“그건 사전에 시온 군과 아와유키 군과 셋이서 마시고 대화한 덕분에, 발성에 문제가 없었으니까 필요가 없었지. 어디까지나 잠들어 있는 목을 깨우는 체조니까.”

“아니, 체조라거나 그럴듯한 말을 좀 하지 마세요. 한순간 납득할 뻔했잖아요.”

선배가 매번 방송 전에 신음한다니, 솔직히 알고 싶지 않았어…….

그렇지만…… 그 이상으로 안심한 점이 있다.

“세이 님, 목소리가 어쩐지 밝아요.”

"응? 그러니?"

"네. 사무소에서 만났을 때보다 시원시원하게 들려요."

"스스로는 잘 모르겠지만…… 기왕 콜라보 방송을 하게 됐으니까. 기분이 올라간 걸지도 모르겠어. ……그렇군, 더 정신을 똑바로 차려야지——."

"딱히 괜찮지 않나요? 더 올리면서 해요."

방송 전에는 세이 님의 텐션이 어떨지 읽을 수 없는 부분이 있었는데, 수익화 박탈 전과 그다지 다를 바 없는 모습이라 안심했다.

어쩌면 전보다도 즐거워 보이는 것 같기도 하다. 수익화 박탈 뒤 첫 콜라보니까, 뭔가 생각하는 바가 있었던 걸까?

"어~이, 아와유키 쨩~! 세이 님이랑 꽁트를 하는 것도 좋지만, 본인 거 조정은 잘 하고 있어? 이제 곧 방송 시간이야~!"

"아, 그렇구나! 실례했습니다!"

시온 선배 말을 듣고, 황급히 냉장고에서 그 물건을 꺼냈다.

"푸슉! 꿀꺽꿀꺽꿀꺽꿀꺽, 크하아아아아아! 역시 내 루틴은 이거라니까아!!"

"……네코마 군. 아와유키 군의 루틴도 세이 님이랑 비슷한 거라고 생각하지 않니?"

"꼴찌들끼리 싸우는 건 그만두는 거다냥~."

좋았어! 그러면 슈와슈와한 참에 콜라보 방송, 『세이 님의 수익화 탈환 계획』 시작합니다!

방송이 시작되자 모두가 약속된 인사를 마치고, 사회 역할을 맡은 시온 선배가 기획을 설명했다.

: 섹세이 님~!!

: 방송 타이틀 뭐임ㅋㅋㅋ

: 탈환이고 뭐고, 스스로 갖다 바친 거 아냐……?

: 단체 콜라보! 일단 건강해 보여서 안심했다!

: 그리고 당연한 것처럼 2기생에 섞여 있는 슈와 쨩, 웃긴다.

아, 그렇구나. 지금 깨달았는데 이 멤버에서 나 말고 다 2기생이네!

"이야~ 그게 저도 어쩌다 보니까 휩쓸려 버려서요…… 선배들을 방해하지 않도록 조심할게요."

"아와유키 군은 세이 님의 섹프 자격으로 온 거니까 실질적으로 동기야, 문제없어."

"그러고 보니 세이 님은 이 네 명 중에서 유일하게 수익화가 없네요. 저희들에게 방해가 되지 않도록 마음을 먹어 주세요?"

"어라? 이 방송의 주역은 세이 님일 텐데? 기껏 섹프에 넣어줬는데, M을 S로 갚는다는 게 이런 건가?"

"그건 은혜를 원수로 갚는다겠지!"

"시온, 지금 그거 태클 잘 걸었네. 역시 대단해!"

: 언뜻 뭔지 모를 개그인데, 순식간에 대응할 수 있는 것에서 우정이 느껴져서 숭고해.

: M을 S로 갚는다는 건 수학이나 물리 이야기인 줄 알았지.

: 자력인가?

: 굉장한 걸 가르쳐주마. 온몸에 자석을 붙이면, 단단하고 튼튼하고 강하다.

: 자력은 하나도 상관없잖아.

: 물리(물리).

으음…… 이번에는 본인의 희망으로 세이 님의 채널에서 방송하고 있는데, 역시 평소에 익숙한 슈퍼챗의 알록달록함이 없는 채팅창은 조금 쓸쓸하게 느껴지네. 정말로 사라져버렸다는 실감이 나에게도 솟아오르기 시작했다.

누가 뭐래도 좋아하는 선배를 위해서, 한시라도 빠른 회복을 목표로 힘내자. 그걸 위해서 이 방송에서 하는 것은, 세이 님이 희망했던 것처럼 시청자들의 걱정을 덜어줄 수 있을 만큼 방송을 밝게 띄우고, 수익화 탈환을 위한 대책이나 앞으로의 행동에 대해 모두의 의견을 들으면서 의논하는 것.

어려울지도 모르지만, 모두의 힘을 합치면 할 수 있을 거야!

"그러면 시작은 이 정도로 하고. 이제 본론에 들어갈 텐데, 시청자들도 포함하여 다들 어째서 세이 님의 수익화가 막혔다고 생각해?"

"언동 아닌가요?"

"네코마는 외양이라고 생각해!"

: 섹세이 님이란 이름.

: 음질이 에로하니까.

: ㅇ추.

: 전부겠지.

: 아카이브를 다시 봤는데 태클 걸 곳이 너무 많아서 전부 지적했다간 인생이 끝날 것 같다.

: 세이 님이 그곳에 있으니까.

"이봐, 이봐. 다들 기회라는 듯이 아무 말이나 하지 말도록. 고ㅇ밖에 맞는 게 없잖아?"

"그건 유일하게 틀린 거라고, 세이 님! 정말~ 이거 어쩔 거야! 수정할 점이 너무 많아서 어느 것부터 고치면 되는지 알 수가 없어!"

"만약 이게 시험이었다면 노ㅇ구처럼 비참한 점수를 받았겠네요."

"세이 님은 자주 아랫도리가 쭉쭉 늘어나거든."

"세이의 고간이 겟단[#44]하고 있는 모습을 상상하니까 엄청 웃겨!"

#44 겟단 히로세 코미의 곡 『promise』에서 하이라이트 부분 「Get Down~」에 맞추어, 캐릭터가 온갖 방향으로 뒤틀리며 춤추는 일련의 밈.

“애당초 왜 세이 님이 달려 있다는 걸 전제로 얘기를 해? 그런 주제에 어느 때는 안 달린 걸 전제로 이야기하니까 영문을 모르겠어…….”

“그때의 분위기라는 거지. 물론 실제로 세이 님은 어엿한 여자애야.”

: 겟단 MAD 만들어야지.

: 이 대화만으로 수익화 박탈의 원인이 산더미처럼 짐작되는데ㅋㅋ

: 세이 님도…… 여자애임다…….

: 엥?

: 엥?

“이렇게 아무 행동 없이 시간만 지나는 게 제일 안 좋거든! 오늘은 세이 님에게 하나씩, 철저하게 문제점을 개선할 생각입니다! 시청자 여러분도 생각나는 점이 있으면 팍팍 말해줘!”

“맡겨두게나. 세이 님은 플레이의 폭이 넓거든. 옵션을 마음껏 추가할 수 있어. 자유자재야.”

“이건 절대로 무리겠어.”

“에이, 네코마 선배. 무슨 일이든 도전을 안 하면 움직이지도 않으니까요. 할 수 있는 만큼은 해봐요.”

일단 방침을 시청자들과 공유한 참에, 드디어 시온 선배가 그것을 행동으로 옮겼다.

"일단은! 이 방송을 무사히 끝내기 위해서도, 세이 님은 이쪽이 준비한 『안전장치』를 적용해줘야겠습니다! 이 안전장치를 쓰면 일단 이 방송은 괜찮아!"

"호오, 시온 군. 그건 어떤 거지?"

"세이 님의 온갖 센시티브한 요소를 강제적으로 셧아웃하는 걸 목적으로 하는 갖가지 조치의 총칭이야! ……조금 억지긴 하지만."

"어?"

"뭐 잔말 말고 일단 해보자! 그러니까 일단 세이 님의 스탠딩은 좀 치우고, 일단 옷 갈아입자~."

"세이 님은 알 수 있어. 절대로 멀쩡한 게 아니겠지? 하지만 사고를 친 입장이니까 거절할 수가 없군. 오히려 무슨 일을 당할지 생각하면 흥분되는걸, 움찔움찔."

움찔움찔 경련하면서 화면 밖으로 끌려가는 세이 님, 그리고 약 1분 뒤――.

"좋~아. 갈아입기 완료네! 세이 님, 나와도 돼~!"

"아~ 응. 갈 수 있으면 갈게."

"그거 절대 안 올 때 하는 말이잖아!"

"아니, 간다니까. 아~ 갈 것 같아, 아~ 이제 가버린다아, 아, 간다, 가버려엇."

"세이 님은 대체 어디에 가려는 걸까……? 장난치지 말고 나오세요!"

"그래, 알았어…… 하지만 정말로? 정말 이걸로 나가도 괜찮은 거니?"

"응! 이걸로 이 방송의 안전은 백 퍼센트 보장되니까!"

"그렇군…… 그러면 좋아. 지금 가지."

"그러면 여러분, 보세죠! 이것이 내 지혜의 결정입니다!"

시온 선배의 목소리와 함께 다시 화면 밖에서 세이 님의 아바타가 돌아왔는데——.

"안녕, 제군! 모두의 세이 님 등장이다!"

그 모습은——.

: What?!

: 설마 했던 전신 모자이크 ㅋㅋㅋ

: 돌겠네ㅋㅋㅋㅋ

: 등장이다!(검열됨)

: 전연령판 세이 님이 왔군.

채팅창에서 말한 것처럼, 온몸이 확실하게 드러난 부분이 전혀 없는 강렬한 수정이 되어있었다.

"좋은데요, 세이 님. 잘 어울려요."

"정말? 정말로 그렇게 생각하니? 세이 님이 이 방송의 주역인데, 이래서는 비치면 안 되는 사람 취급 아니니?"

"아뇨, 전신 모자이크가 이렇게 잘 어울리는 사람은 처음 봤어요!"

"응. 평범하게 어울리면 안 되는 거지, 이건. 왜냐면 모자이크는 감추기 위한 것이니까! 전혀 칭찬이 아니라는 거, 세이 님은 눈치챘거든? 세이 님은 여러 AV를 보거나, 관여한 적이 있지만 전신에 모자이크가 걸린 건 이게 처음이야."

"전신 생식기 VTuber 탄생이네요!"

"아니 탄생조차 못 했어. 있는 힘껏 가렸잖아."

"아, 이런! 세이 님! 이거 다는 거 잊었어! 자, 이거 달아!"

"어? 아, 응. 알았어, 시온 군. ……이걸…… 어디에 붙이면 되니?"

"그야 물론, 눈가에!"

"아~ 그렇군…… 이렇게 말이야?"

"그래그래! 이걸로 더욱 안전해졌어!"

시온 선배가 꺼낸 것은 눈가가 딱 가려질 정도의 길쭉한 검은 선, 이른바 김이라고 불리는 것이었다.

"오오! 눈가를 가리니까 수수께끼가 많은 중2병 캐릭터 같아서 멋진걸!"

"네코마 군. 네 눈은 옹이구멍이니? 전신 모자이크에 눈가에 검은 선 캐릭터가 허용되는 건 개그 캐릭터뿐이야. 이 용모에 가장 어울리는 캐릭터 이름을 한 번 생각해 보겠니? 분명 우츠키 세이가 아니라 이쿠이쿠빙빙마루[#45]일 거야."

"앞으로 잘 부탁해, 이쿠이쿠빙빙마루!"

"마음에 들어버렸구나. 말하지 말 걸 그랬어. 카미나리

#45 이쿠이쿠빙빙마루 일본어로 이쿠(간다) + 빙빙(빳빳하다) + 마루(~돌이)의 합성어.

시온, 코코로네 아와유키, 히루네 네코마, 이쿠이쿠빙빙마루를 늘어놓으면 명백하게 이상하잖아. 이물질이 있다고 형사 소송이 들어올 거야.”

“하지만 이걸로 일단 겉모습의 문제는 해결됐어! 이 모습이면 요튜브 군도 아무 말 못 할 거야!”

“이걸로 만약 BAN 당한다면 요튜브 군의 성벽에 터무니없는 의문이 생겨버릴 테니까. 압력을 거는 방식에 공포마저 느껴질 거야. 그리고 이 상태에서 뭘 하면 BAN 당할 수 있는지 시험해보고 싶어졌군. BAN을 달성하면 분명히 전설이 될 거야.”

“이 녀석, 이쿠빙마루! 처음에는 이렇게 개그로 분위기 띄우지만, 오늘은 본격적으로 대책을 세우는 방송이거든! 네코마는 그런 거 용서 못 한다!”

“글렀군. 벌써 약칭이 생길 정도로 정착돼 버렸어. 그리고 개그라고 말해버렸잖아…….”

“에이. 사실은 목소리도 보이스 체인저를 써서 초저음 보이스로 만들어줄까 생각했는데, 그건 참아줬으니까 감사하세요, 이쿠이쿠칭○마루.”

“이쿠이쿠빙빙마루야. 틀리지 말아줘, 아와유키 군. ……아, 틀렸다. 우츠키 세이였지.”

“말은 그렇게 해도 마음에 들어 버렸잖아~.”

“아니, 그게 아니거든? 너무나도 어감이 좋아서 입이 자연스럽게 이쿠이쿠빙빙마루를 쪽쪽 빨아버린 모양이거든?"
"왜 조금 야한 식으로 말한 건가요?"
"후훗, 세이 님의 야한 말로 흥분해 버렸니?"
"자기 모습을 보고서 발언을 해주셔도 될까요?"
"그건 그쪽에서 한 거잖아!"
: 말하는 꿀잼 공장.
: 말로는 저러지만 세이 님도 분위기 잘 타고 있어서 넘 웃김ㅋㅋ
: 하지만 세이 님이 태클 거는 역할 맡다니, 신기하네.
: 주위에서 기회를 잡았다는 듯이 마구 놀려대니까 ㅋ
: 해상도가 세계 제일 낮은 이 모습은 틀림없이 이쿠이쿠빙빙마루야!
: 에로를 전력으로 추구한 작품을 억지로 전연령판으로 만들었더니 아무것도 안 남은 비주얼, 최고야.
"이봐, 제군들. 겉모습 대책을 하는 건 이해하겠는데, 조금 더 어떻게 안 되는 거니?"
"그야 어제오늘 일이라 시간이 없었는걸! 어쩔 수 없잖아!"
"그건 이해하는데……."
"에이, 기다려주세요! 시온 선배. 이럴 때를 위해서 이슈와 쨩, 좋은 걸 준비해 왔습니다!"
"오, 뭔데뭔데?"
"이걸 보세요!"

내가 화면에 표시한 것은 커다란 스○○로의 이미지였다.

그리고 그 이미지를 모자이크와 검은 선을 벗긴 세이 님 목 아래로 가져가, 머리를 제외한 부분을 가려버렸다.

"어떤가요, 세이 님? 전에 마시롱하고 오프 콜라보를 했을 때 신 의상으로 등장했던 건데요, 이거라면 일단 센시티브 요소가 강한 몸은 가릴 수 있어요."

"왜 스○○로인지는 제쳐두고, 그림으로 가린다는 거군. 뭐 나쁘지는 않지만……."

"으음~. 미묘한 반응이네요? 제대로 목 위는 비치고 있잖아요!"

"그건 그렇긴 한데……."

"이제 화났어요. 모자이크 걸래요."

"아니, 알았어. 알았으니까 그건 그만—"

"스○○로에."

"그쪽에 거는 거야?! 아니, 확실히 모자이크를 거는 게 좋을지도 모르지만, 네가 해온 일을 생각하면 이미 늦었다는 말밖에 못 하겠어!"

투덜대면서도 어쩔 수 없다며 납득해준 세이 님.

하지만 투덜대는 이유는 이해가 된단 말이지~. 왜냐면 우리가 말하는 마마, 다시 말해서 일러스트레이터가 그려준 소중한 몸이니까.

그러나 캐릭터적으로 세이 님의 의상이 센시티브 요소가

강한 것밖에 없는 것도 사실이라, 일단 응급처치를 해서 뭔가 대책을 세워두는 편이 좋을 거라고 생각했다.

만약 갑자기 요튜브의 기준이 엄격해져서 현재 의상이 아웃이 된 거라면, 대부분의 아카이브에 영향이 생기니까 그것만은 정말로 봐줬으면 좋겠는데…….

"정말로, 의상은 별문제 없으면 좋겠네요……."

: 내 말이.

: 으음~. 평범하게 수익화 허가받았으면서 세이 님보다 과격한 V가 있다고 생각하는데~.

: 지금 의상은 아슬아슬하게 세이프인 것 같다.

: 완벽하게 파악하고 있는 건 아니지만, 기본 의상은 아마 세이프.

: 과거의 섬네일 같은 게 수상할지도 몰라.

내가 무심코 심각한 목소리를 흘리자, 채팅창에서 갖가지 의견을 받을 수 있었다.

그렇지. 애당초 이런 사태를 잘 아는 시청자들의 의견을 듣고 싶어서 이 방송을 잡은 거야. 이제부터 시청자에게도 의견을 팍팍 받아보자.

수많은 사람이 지탱하고 응원해준다는 건 참 따스하구나…….

"다들 의견 고마워. 뭔가 짚이는 점이나 의견이 있으면 팍팍 적어줘! ……그리고 냉정하게 지금 생각해 보니까 세이 님, 평범하게 섹드립을 연발하고 있는데 괜찮은 건가요? 이끌려서 저도 말해버렸는데요."

"미안해. 이 방송은 이미 수익화가 막힌 세이 님의 채널이라 해버렸어."

"다 내려놓으면 어떡하라고요……. 그런 말을 하다 보면 지금까지 대응한 것도 이제부터 정하는 것도 전부 소용없어지잖아요……."

이건 비주얼 다음으로 언동의 대응이 필요하군.

"세이 님. 역시 센시티브한 언동이 걸렸을 가능성도 있으니까 섹드립은 어떨까 싶은데요……."

"하지만 아와유키 군. 나한테서 섹드립을 빼면 뭐가 남는다고 생각해? 더치 와이프거든?"

"자기가 섹드립 + 더치 와이프로 구성된 것에 위화감을 가져주세요."

"흥! 섹드립 + 스ㅇㅇ로인 자네가 무슨 말을!"

"스ㅇㅇ로가 들어 있으면 저는 뭐든지 좋아요."

"아와유키 군, 자네가 이 세이 님보다 앞으로의 대책을 짜는 편이 좋지 않겠니?"

자, 일단 시험해보자. 한 번 억지로라도 센시티브에서 떨어져 볼까.

"그러면 세이 님, 이제부터 세이 님은 섹드립 금지입니다. 알겠죠?"

"뭣?! 아와유키 군은 세이 님에게 정말로 죽으라고 하는 거니?! 섹드립을 금지한다니, 그런 짓을 할 바에는 아와유키 군의 혀를 할짝할짝한 다음에 깨물어 자를 거란다!"

"그건 자기 혀를 깨물어주세요. 어수선한 틈에 어디서 저를 두 가지 의미로 해치우려고 하는 건가요……. 이건 반성의 기색이 느껴지질 않네요, 문답무용! 지금부터 섹드립 금지입니다!"

"……정말로?"

"정말로."

…………………….

"우우우우우…… 훌쩍……."

우, 울었다아아아아아아?!?!

"오~ 착하지, 세이 님. 무슨 일이야? 시온 마마한테 말해보렴?"

"살아갈 의미를 잃었어……."

"섹드립에 인생을 너무 걸었잖아! 세상에는 더 멋진 일이 가득하단 말이야! 스○○로 레몬맛이나 스○○로 그레이프후르츠 맛이나 스○○로 포도맛이나!"

"맞아, 세이 님. 세이 님한테는 시온 마마의 아기가 된다는 소중한 사명이 있잖아. 무슨 소리를 하고 있어? 내가 마지막까지 키울 거니까 절대 죽게 안 내버려 둘 거거든?"

"네코마랑 같이 전 세계에 묻혀 있는 E.○.[#46] 소프트를 파내는 여행에 나서자! 뉴멕시코에서 파낸 수는 불과 1,178개. 그 대량생산된 똥망겜치고는 아무리 생각해도 너무 적어. 그 밖에도 매장된 장소가 있을 거라고 네코마는 예상하거든!"

"우와아아아아아아아앙!! 이 사람들 무서워어어어어어어어어어어!!!!"

: 지금 당장 이 녀석들을 인류의 돌연변이종으로 지정해서 보호해야 한다!

: 찬성. 물론 세이 님도 포함해서.

: 라이브온은 인류를 진화시키기 위한 연구 시설이었냐?

: 엄브렐러[#47]라도 돼?

: 신규유입이신가? 흑막은 하레룽입니다.

"아~아~, 이렇게 울어버리다니. 세이 님을 괴롭히면 떽이야, 슈와 쨩!"

"아니, 지금 이건 저만 잘못한 게 아닌 것 같은데……."

"냐냥! 울렸대요~ 울렸대요~! 번장한테 일러야지~!"

"아, 이건 이번에야말로 죽었군. 이 틈에 유서를 적어둬야지. 『후회 없는 인생이었다. 특히 잊기 어려운 경험은, 옛날에 왼쪽 약지로 스ㅇㅇ로를 따려고 시도했을 때다. 캔

#46 E.ㅇ 1982년, 동명의 영화를 기반으로 만들어진 게임 『E.T.』. 일명 「아타리 쇼크」를 일으킨 작품으로 유명하다. 당시 악성 재고로 남은 롬을 사막에 묻어버렸다는 소문이 오랫동안 떠돌고 있었는데, 2014년에 뉴멕시코 사막에서 진짜 발견되었다.

#47 엄브렐러 게임 『바이오하자드』 시리즈에 등장하는 가공의 제약회사. 수많은 바이러스, 감염체 등 각종 생물병기를 만드는 악의 기업이다.

의 입구에 손가락이 걸려서, 살짝 당겼을 때 열린 입구의 고리가 내 소중한 손가락에 끼워져 있었다. 그래. 그것은 나와 스○○로의 결혼반지였다. 푸슉! 하는 성대한 축복의 종소리와 함께, 나와 스○○로는 결혼한 것이다』. 이거면 되겠다."

"마마~, 저 사람 뭐~야?"

"착하지, 세이 님. 저건 스○○로기에 들어선 아기란다~. 건드리지 말고 내버려 두자~."

"어이, 거기 있는 빨간 물체. 조금 전의 눈물 어디 갔어?"

"가짜였지. 그리고 사과할 테니까 빨간 물체라고 부르는 건 관두지."

: 신규유입이 아닌데도 의미를 알 수가 없으니 아마도 유입입니다.

: 번장을 부르는 건 금지 카드잖아.

: 드디어 스○○로랑 결혼까지 했네ㅋㅋ

: 이런 내용이 적히다니 유서가 불쌍해.

: 스○○로기의 아기라는 파워 워드에 웃겨 죽을 것 같아ㅋㅋ

"하지만, 아와유키 군. 실제로 섹드립은 그렇게까지 영향이 없을 거라고 세이 님은 생각하거든."

"엇, 어째서요?"

"그야, 네가 무사하잖아?"

"아아…… 그렇구나…………. 아니 그래도, 세이 님이 더 과격하니까……."

"난 비슷한 것 같아!"

"그럼그럼. 둘 다 사이좋게 완전 문제아지!"

진짜냐. 나는 세이 님이랑 동급으로 취급되는 거냐. 이래서는 나도 그저 스○○로 센시티브맛이잖아…….

"뭐, 그런 거니까. 아마도 달리 원인이 있다고 생각한단 말이지."

"그렇군요. 일리가 있어요. 달리 어떤 점이 걸렸다고 생각하세요?"

자, 회의는 드디어 본격적인 문제점 찾기로 진행된다――.

"아, 이건 분명히 완전히 아웃이네요."

"삭제 후보에 추가해야지~."

"시온, 데스노트에 적어줘."

"어쩐지 위험한 대화를 하는 것처럼 되지 않았니? 평범하게 아슬아슬한 영상 목록을 만드는 것뿐이거든?"

초반의 대소동도 진정되고, 현재는 본격적으로 시청자의 도움을 빌리면서, 아웃이라고 생각되는 아카이브를 골라내고 있었다.

세이 님에게 진심인 시청자쯤 되면 상당히 과거의 방송에서도 의견을 들을 수 있었다. 그 뒤론 선택한 아카이브의 아슬아슬한 부분에 대해 요튜브의 AI 사정을 잘 아는 시청자에게 의견을 듣고, 『삭제 필수』, 『삭제 후보』라는 식으로 목록을 만들었다.

의견이 나올수록 우리끼리는 한계가 있었다는 걸 깨달았다. 정말로 나날이 시청자들의 도움으로 살아가고 있다. 이대로 가능한 삭제 수를 줄이고, 재심사 신청이 가능해지는 게 제일인데…….

"그건 그렇고 정말로 꼼꼼한 작업이군. 눈이 아파지기 시작했어."

"뭘요. 시청자들 덕분에 하이페이스로 진행되고 있으니까, 조금 더 힘내요, 세이 님."

"솔직히 과거의 세이가 한 발언이 너무 위험해서 대박 웃긴걸!"

"아하하…… 뭐, 즐겁게 작업하고 있다면 다행이야! 마마도 제안한 보람이 있네!"

"물론 문제의 발단이 된 세이 님이 맨 먼저 꺾일 수야 없지. 하지만, 요튜브 군도 조금 더 자세히 안 좋은 부분을 가르쳐주면 좋을 텐데."

솔직히 나도 조금 지치기 시작한 건 부정할 수가 없다. 하지만 진행되고 있다는 실감도 있다. 오늘 같은 방송을 한계까지 해봐도 안 된다면 풀이 죽는 일도 있을 수 있겠지만…….

"이렇게 되면 다 함께 요튜브의 카탓타 공식 계정 답글

란에 돌격할래?"

"그 터무니없는 밀어붙이기는 뭔가요……."

"아마 거들떠보지도 않을걸!"

"AI의 미스 같은 거라면 모를까, 세이 님은 아닐 것 같으니까…… 애당초 우리는 영어도 못 하고."

"그거야 번역 소프트를 쓰면 되지! 시청자 제군 중에 영어가 가능한 사람도 있을지 모르고!"

"가령 한다고 해도 뭐라고 보내요?"

"역시 사과를 해야지. 『스ㅇ코[#48]』라고 보내자."

"요튜브에 이어 카탓타에서도 BAN 당하고 싶어요? 그리고 영어 아니잖아요.

"Sorry, p*ssy."

"Shut up."

: 여기까지 경과를 보고, 이런 위험한 녀석을 이만큼 참아준 요튜브 군의 깊은 도량에 감동했다.

: 유학 경험자 컴 온~.

: 안녕하세요? 하버드 대학 섹드립 학부 졸업생입니다.

: 평생 유급하도록 해.

: 이렇게 자연스럽게 사과와 동시에 여성기를 말할 수 있는 일본어는 역시 대단해.

잡담을 섞으면서도 작업은 멈추지 않는다. 채팅창을 참

#48 스ㅇ코 미안하다는 뜻의 「스만」과 여성기를 뜻하는 「ㅇ코」의 합성어.

고해서 아카이브를 추적했다.

“아, 이 츄파○스 츄파츄파 ASMR은 안될 것 같아요.”

“이런~, AVSM도 안 되는 거니?”

“ASMR이야. 물소리에는 엄격할 테니까 아웃 취급으로 보내요.”

“애당초 세이는 어째서 이런 걸 할 생각을 했어?”

“혹시 안건을 받을 수 있을까 싶어서.”

“스스로 찬스를 부수면 어떡해, 세이 님…….”

“뭐, 어쩔 수 없군. 다음에 FAMZA에서 팔도록 하지.”

“하다못해 D*site로 해주실래요? 그리고 FAMZA에서 팔게 해 줄까요?”

“세이 님의 연줄을 쓰면 가능해.”

“이 사람이라면 정말로 가능할 것 같아서 난처하네……. 그리고 이야기를 되돌려서, ASMR은 거의 아웃 같네요. 하는 짓이 전부 너무 과격해요. 섬네일도 아슬아슬하고, 수가 적은 게 다행이네요.”

그 뒤로도 밤중까지 다 함께 의논하면서, 한번 끊기 좋은 곳에서 오늘은 종료가 되었다.

이걸로 해결되는 간단한 일이 아닐지도 모르지만, 시온 선배는 혼자서라도 힘낼 것 같고, 세이 님의 수익화가 돌아오면 나도 기쁘다.

안 된다고 해도 새로운 대책을 생각하면서 앞으로도 끈

기 있게 해봐야지.

“아~. 그러면 방송 끝날 시간인데, 마지막으로 세이 님이 제군에게 감사의 말을 하지. 이렇게 세이 님을 도와주는 사람이 잔뜩 있다는 것에 감동하고 있어. 사실은…… 여러모로 생각하다 보니 조금 풀이 죽어 있기도 했어. 하지만, 아직 해결된 건 아니지만, 오늘은 요즘 들어서 가장 웃은 하루였어. 너희들 덕분이야. 고마워.”

보기 드물게 세이 님이 솔직한 감사의 말을 하자, 무심코 미소가 솟아올랐다. 세이 님 주제에, 건방지네.

하지만 그건 이 자리에 있는 모두 마찬가지였는지, 모두의 격려와 협력의 말이 방송의 마지막을 채색했다.

“흐흥! 모두의 마마인 이 시온 마마 손에 걸리면 이런 문제는 여유입니다~! 해결되면 그 여러 가지란 것도 전부 털어줄 테니까 각오하세요!”

“세이는 똥망겜이나 똥망영화랑 비슷한 냄새가 느껴지거든! 네코마도 협력할 거야!”

“저도 말려들었으니 함께 할게요. 할 수 있는 일이라면 전부 해보죠. 괜찮아요, 수익화는 돌아옵니다.”

: 한도 슈퍼챗 준비는 됐으니까 얼른 해방해줘~.

: 기다릴게~!

: 지금은 보내지 못해도 돌아왔을 때 한꺼번에 보낼 테니까 신경 쓰지 마. 실질적으로 다른 게 없어.

: **그거지.**

: **따뜻하구만.**

무기질적인 방송 화면이, 지금은 어째선지 따스하게 느껴진다.

어쩌면 수익화가 돌아올 때까지 제법 시간이 걸리거나, 앞으로 뭔가 커다란 문제가 앞을 가로막을지도 모른다.

하지만 라이브온은 이어져 있다. 그 안에 세이 님이 분명히 있다. 아무것도 변하지 않아.

그러니까 괜찮다. 걱정할 것 없다.

이제부터도 기합을 넣고, 적당히 놀리면서 열심히 하자!

————————그렇게 다 같이 하나가 되었을 텐데…….

불과 1주일 뒤——.

"세이 님의 수익화 돌아왔어! 다들 해냈구나!"

""""엥?""""

…………아?

세이 님의 발랄한 목소리와 대조적으로, 마음속 깊이 의미를 모르겠다는 목소리가 나(아와), 시온 선배, 네코마 선배의 입에서 흘러나왔다.

지금은 수익화 부활 계획에 진전이 있으니까 다시 한번 모여달라는 말을 듣고서, 사무소에 이 넷이서 모였다. 멤버가 모이고 앉은 것을 확인한 순간, 세이 님이 갑자기 그렇게 말했다.

"응? 제군들 왜 그러지? 기껏 세이 님의 수익화가 돌아왔잖아. 더 함께 기뻐해주게."

아직도 머리가 로딩 중이라 멍한 표정의 세 명.

아니, 물론 세이 님이 한 말의 뜻은 이해한다. 박탈된 수익화가 돌아오고, 그것을 기뻐하는 거겠지. 그러니까 지금 상황도 진전이 있다고 하면서 모았지만, 사실은 해결되었다는 서프라이즈 발표…… 같은 느낌인가?

단지…… 그게…….

"빠르지 않아?"

가장 먼저 회복한 네코마 선배가 우리들이 가장 하고 싶은 말을 대변해주었다.

저기…… 게임 체험판을 클리어했다고 생각했는데 본편 클리어였습니다~ 같은 상태에 빠져 있는데요……?

"저, 정말로 돌아온 건가요?"

"응. 그렇지만 반영될 때까지는 조금 더 시간이 걸릴 것 같지만 말이야. 수익화 신청 버튼이 부활해서 심사도 문제 없을 것 같다는 연락을 운영에게서 받았거든."

"그런가요……."

응, 정말로 기쁜 일이니까 지금은 기뻐해야 한다고 생각한다.

다만 그게…… 맥빠지는 느낌이 너무 심해서 기뻐하고 싶어도 몸에 힘이 안 들어가네…….

이건 문제 해결이라고 보면 되지? 그래도 되는 거지?

"————어, 어째서?"

아연해진 세 명 중에서 가장 회복이 늦은 시온 선배가 이유를 물었다.

"호, 혹시 과거 영상 전부 지워버리거나 했어?"

"아니. 일부는 지웠지만 거의 남아 있어. 그건 정말로 어쩔 수 없어졌을 때의 최종 수단이니까."

"하지만 그런 것치고는 너무 빨라……."

"그러니까, 사실 하레루 군이 뒤에서 움직이고 있었나 봐."

""""하레루 선배가?!""""

놀라는 우리들에게 세이 님이 경위를 설명해주었다.

우리가 방송을 이용하면서 OUT인 것을 픽업하는 가운데, 하레루 선배가 온갖 라인, 그것도 능숙한 영어 실력을 발휘해서 해외까지 연락망을 넓힌 모양이다. 아무리 그래도 100퍼센트 완벽하다고는 못하지만, 대강의 심사기준을 조사하는 등으로 수익화 회복에 진심으로 매달려준 모양이다.

중요한 일이 들어왔다고 하더니, 이거였구나…….

"앞으로 세이세이 말고도 비슷한 일이 일어날지 모르니까, 기준을 정해둘 좋은 기회였어~."

이렇게 세이 님에게 통고한 본인은, 마치 근처 편의점에 점심밥을 사러 갔다 온 것처럼 시원스러운 표정으로 말했다고 한다. 하레루 선배…… 이 무서운 아이!

다만, 해외의 라이브온 팬들이 대거 협력했다는 사실에는 꽤 놀랐다. 개중에는 이미 요튜브에 문의를 해준 사람도 여러 명 있었다고 한다. 요튜브의 대응이 빠른 배경에 그 영향이 있을지도 모른다고 했다.

"이건 우리가 열심히 노력한 성과야. 모두 시청자의 즐거움을 위해 활동을 열심히 한 것이, 이번에 우리가 핀치일 때 우리를 위해 행동해주는 사람들을 만든 거지."

하레루 선배가 자랑스럽게 말했다고 한다.

결과적으로 그녀가 조사한 심사 라인과 우리가 방송에서 픽업한 아슬아슬한 방송을 비교하여 몇몇 영상을 삭제하고, 더욱이 해외 팬들의 반응을 요튜브가 인지한 덕분에, 빠르게 수익화 회복이 실현될 것 같은 상황까지 끌고 갈 수 있었다는 것이 일의 전모라고 한다.

참고로 아마도 걸린 것은 섬네일과 ASMR이며, 의상이나 과격한 발언 등은 생각보다는 그냥 넘어간 모양이다.

"이야~. 크리티컬한 부분은 무사해서 정말 다행이야. 이제 본래대로 활동할 수 있어. 제군들의 덕분이야. 정말로 고마워."

우리에게 깊이 고개를 숙이는 세이 님. 그 모습을 보고 나도 점점 실감이 솟아서 순순히 다행이라고 생각할 수 있게 됐는데, 어째선지 시온 선배의 상태가 이상한 걸 깨달았다.

어째선지 얼굴이 사과처럼 새빨갛다. 대체 무슨 일일까?

"그러면…… 내 계획은 의미 있었어……?"

……앗.

분명히 지금까지 이야기를 들어보면 데스○트의 제○니[#49] 처럼 「하레루 선배가 하룻밤에 해주었습니다」 상태이며, 어쩐지 이대로 일시 복귀한 하레루 선배가 이끄는 운영진에게 맡겨두면 비슷한 결과가 되었을 것 같기도 한데…….

"아니, 제군들과 함께 만들어낸 삭제 후보 리스트는 심사기준과 비교해볼 때 크게 도움이 됐어. 그게 없었다면 이 정도로 빠르게 부활할 수 없었을 거야."

"하지만! 그것도 운영측에서 하려고 하면 할 수 있었던 거잖아? 이렇게 빨리 원인을 특정할 수 있다면, 우리가 안 해도 사무소에서 조만간 행동을 취해줬을 거야."

말하면 말할수록 의미를 찾을 수 없게 되어, 얼굴이 빨개진 걸 넘어 눈물까지 글썽거리는 시온 선배.

솔직히 이 계획은 석연찮은 세이 님의 태도에 오기가 생긴 시온 선배가 달아오른 감정을 그대로 밀어붙여서 시작

#49 제○니 만화 『데스○트』의 등장인물. 작중 하이라이트 장면에서, 하룻밤 사이에 데스○트 한 권을 고스란히 위조해내 키라의 정체를 밝히는 데 일조한 FBI 요원.

된 점이 있다.

열의가 있는 건 좋지만, 막상 그 문제가 해결된 지금. 그 열의가 갈 곳을 잃고서 자연 소실한 결과 그녀는 냉정해져서, 아무 성과도 얻지 못한 상태란 것을 깨달아 버린 것이리라.

다시 말해서 시온 선배는 지금, 너무 뜨거워졌던 수치와 자신들의 힘으로 해결에 이끌고 가지 못한 한심함, 두 가지 감정에 떨고 있는 것이다.

"내가 한 일은…… 괜한 참견이었을까……?"

당장이라도 또르르 떨어질 것 같은 눈물의 무게로 고개를 숙여버릴 것 같은 시온 선배.

뭐라고 말을 해줘야 할까? 한순간 그렇게 생각했는데.

"그건 아니야! 적어도 나한테는 아니야."

——아무래도 그럴 필요는 없겠어.

일절 다른 뜻이 느껴지지 않는 세이 님의 단언에 놀라 고개를 드는 시온 선배. 그 눈을 똑바로 바라보는 세이 님의 눈동자에는 뭔가 결심이 선 듯, 그런 시원스러움이 느껴졌다.

"아하하…… 어쩐지 세이 님답지 않을지도 모르지만…… 불안했어. 수익화가 막혔을 때 말이야."

조금 부끄러운 기색으로 말하기 시작한 세이 님.

그 모습으로 이것이 전부터 얼버무리기만 하고 가르쳐주

지 않았던, 수익화가 막힌 것으로 세이 님의 상태가 변화한 이유라는 걸 알 수 있었다.

"세이 님은 말이야. 전에도 말했지만, 처음에는 수익화가 막힌 것 정도 아무렇지도 않다고 생각했어. 드디어 와 버렸구나~ 하는 정도의 마음으로 가볍게 생각했었지. 하지만, 조금 깊이 생각해 보니까 어떤 걸 깨달아 버렸어……."

여기서 이번 일이 일어난 이유가 밝혀진다. 이 자리의 모두가 조용히 세이 님의 이야기에 귀를 기울였다.

"이대로는 세이 님과 콜라보를 한 것 때문에 다른 라이버의 수익화에 영향이 생길지도 모른다고…… 그걸 깨달아 버려서…… 아무래도 가볍게 생각할 수가 없게 됐지."

……그런가. 분명히 우리는 라이브온이라는 그룹으로 행동하고 있다. 자기 채널만이 활동 범위가 아니다.

그래서 수익화가 막힌 다음부터 지금까지 다른 사람 방송에 나서질 않았었구나.

그렇지만, 세이 님 문제를 해결하는 것에 필사적이라, 설마 자신들이 원인이라는 건 생각을 못 했네…….

"후훗. 『우리를 걱정해주다니, 의외로 귀여운 면이 있는 걸』— 아와유키 군, 지금 그렇게 생각했지?"

"으엑, 어떻게 알았어요?"

"얼굴에 적혀 있어. 뭐…… 세이 님은 그런 선량한 인간이 아니었던 모양이지만."

"네?"

"결국 자기가 소중하더군, 나는."

세이 님은 조금 켕기는 표정으로, 자학적인 미소를 지으며 말했다.

"아무리 지우고 싶어도, 마음속 한구석에 계속 지워지지 않는 마음이 있었어……. 혼자가 되는 건 싫다는 마음이. 이대로는 라이버 모두가 콜라보를 피하게 되어 고립되는 게 아닐까? 그걸 피하기 위해서는 지금의 자신을 바꿔야 한다. 하지만 그러면 팬들이 받아들이지 않을지도 몰라. 내가 우츠키 세이인 이상, 캐릭터를 계속 지켜야 한다……. 그런 생각이 머릿속을 빙글빙글 맴돌아서, 결국 스스로도 뭐가 정답인지 알 수가 없어졌어."

……놀랐다. 언제나 방약무인할 정도로 파격적인 세이 님이 막상 밝힌 속내는, 분명 나 같은 것보다 훨씬 섬세했다.

온갖 일을 상상할 수 있고, 받아들일 수 있다— 그것은 참으로 존귀한 일이지만, 그렇기에 덧없고 무너지기 쉽다. 거성이 구축되어 있을 거라 멋대로 상상했던 세이 님의 마음은, 사실 모래성이었다.

자기 행동을 후회하듯 표정을 찡그리는 세이 님, 평소 시원한 태도를 무너뜨리지 않는 그녀를 봐서는 상상도 못 할 만큼 감정에 휘둘리고 있었다.

그렇지만 그런 모습을 보고, 엉뚱할지도 모르지만……

나는 따스한 인간미를 느끼고 있었다.

세이 님은 악우 같은 느낌으로 친하게 지내고 있지만, 그 모습은 어디까지나 『우리가 상상하는 세이 님』이었다. 그런 그녀도 우리와 같이 때로는 고민하고, 괴로워하면 살아간다. 그것을 알고 나니 나에겐 드디어 세이 님이라는 존재가 딱 떨어지는, 그런 마음이 들었다.

……그러고 보니, 전에 시온 선배에게 2기생 데뷔 당시의 세이 님 상태를 들었었지. 지금 돌이켜보면, 그 이야기를 듣고서 조금 난해했던 세이 님의 언동은 데뷔 당초의 당혹감에서 생긴 거였구나.

지금의 세이 님에게서, 틀림없이 살아있음을 느낀다.

"그런 걸 나는 생각하고 있었는데……. 하하핫, 다들 너무 상냥하단 말이지. 피하긴커녕 너희들처럼 반대로 지금까지보다 적극적으로 된 사람도 있고. 걱정하는 채팅이나 기회라는 듯 놀리는 채팅을 보내는 사람도 있어서, 깨닫고 보니 답신을 다 못할 정도로 대량으로 쌓였어."

이야기하면서, 세이 님의 표정이 점점 밝게 돌아왔다.

"결과적으로 어쩐지 나랑 모두가 상상한 것보다 맥 빠지는 결말이 되어서, 거의 본래대로라도 문제없다는 걸 알았지만…… 나로서는 정말로 모두에게 구원을 받았어. 그러니까—— 고마워."

어쩐지 쑥스러운 기색으로 웃으며 말하는 세이 님.

그래그래. 이렇게 따뜻한 분위기와 함께 한 건 해결! 수익화가 정식으로 돌아왔을 때 뭔가 방송에서 축하 기획이라도 제안해볼까~.

나는 상쾌한 기분으로 그런 생각을 했는데…….

"……게 뭐야…………."

"시온 군?"

뒤숭숭한 분위기를 풍기는 선배가 한 명…….

"……! 그게 뭐야! 장난하지 마!!"

""오오오우.""

무심코 네코마 선배와 함께 소리를 질렀다.

시온 선배, 설마 했던 분노 폭발이었다(이번 소동에서 두 번째).

"들으면 들을수록 괜한 걱정만 하고 있잖아! 적어도 나는 이번 일로 설령 내 수익화가 막히든 채널이 BAN 당하든 최종적으로 문제를 해결해서 다 같이 웃을 수 있으면 된다는 각오로 했었어! 내 채널도 세이 님의 채널도 혼자가 아니라 모두 같이 쌓아 올린 거 아냐?! 2기생이 데뷔했을 때, 지금과는 달리 여러모로 불안정해서 눈이 돌아갈 정도로 허둥거리고 있을 때, 그래도 필사적으로 다 같이 협력해서 극복해왔잖아! 나는 세이 님의 채널을 내 일이 아니니까 상관없다고 단 한 번도 생각한 적 없어. 다 같이 노력한 결정을 부활시키기 위해서라면 아무리 힘들어도 전력으로 부딪혀서 해피엔딩을 붙잡을 거라고 나는 그렇게 생각했어!! 그런데…… 세이 님은 전혀 달랐다는 거야……? 그렇게 고민하고 있었으면 왜 더 의지해주지 않은 거야……? 나를 생판 남이라고 생각한 거야……? 그리고 나 말고 다른 라이브온 라이버도 분명히 순수하게 걱정해 줬을 거야. 그런데…… 이런 건 실례야!!"

쉴새 없이 솟아오르는 감정을 말로 쏟아내는 시온 선배는, 아까 전과 같이 얼굴이 새빨갛지만, 그 감정은 수치가 아니라 격노로 바뀌어 있었다.

"아니, 기다려줘, 시온 군. 그것도 사정이……."

"시끄러워! 이제 세이 님 같은 거 몰라!! 이 매정한 여자아아아아아아——!!!!"

세이 님이 황급히 해명하려고 했지만, 감정이 분화한 시온 선배는 한 마디도 듣지 않고 소리지르며 방의 문을 열고 어딘가로 달려가 버렸다.

으음~. ……너무 뜨거워지기는 했지만, 분명히 듣고 보니 시온 선배의 생각도 이해되는 부분이 있었다. 특히 시온 선배는 이번 건에 엄청 힘을 쏟고 있었다는 것도 있을 거고.

갑작스러운 사태에 어떡하면 좋을지 몰라 당황하는 세이 님에게 말을 걸었다.

"따라가지 않는 건가요?"

"아와유키 군……."

"시온 선배는 당신의 미소를 위해서라면 자기 몸을 깎아서라도 핀치를 구해주는 모양인데요? 그리고, 아직 하고 싶은 말이 남아 있죠?"

"——그렇네, 고마워! ……큭!"

세이 님은 마지막에 결심을 굳힌 표정을 짓고, 시온 선배 뒤를 따라 방을 뛰쳐나갔다.

그건 평소의 세이 님의 표정과 거의 비슷했지만—— 지금이 훨씬 멋지게 보였다.

"후우……."

"냐하하하! 수고했어~. 좋아, 포상으로 네코마~가 마사지를 해주마!"

시간으로 따지면 그렇게 길지 않았지만, 너무나도 농축된 한때였다. 두 사람이 나간 다음, 수수께끼의 해방감이나 성취감에 빠져 한숨을 내쉰 나를 보고, 네코마 선배가 어깨를 주물러 주었다.

"으응…… 선배에게 이런 일을 시키면 안 될 것 같은데…… 기분은 좋지만요."

"됐어됐어. 아와유키 짱은 이번에 그냥 말려든 건데도 열심히 했으니까."

"그건 네코마 선배도 마찬가지 아닌가요?"

"네코마는 동기고 동료잖아. 처음에는 세이가 어떻게 나올까 지켜보고 있었지만, 그냥 넘어갈 생각은 없었어."

"그러면 저는 후배이며 동료니까 넘어갈 수 없어요. 그것뿐이에요."

"냐냥?! 얘는 어쩜 이렇게 착한 아이일까?! 자~자자자자자자, 한계까지 주물러서 풀어줘야지!!"

"자, 잠깐 네코마 선배?! 격렬해요! 반대로 어깨가 이상해져 버려요!"

여전히 장난 좋아하는 네코마 선배와 노닥거리는 느긋한 시간이 흘렀다.

"그건 그렇고, 세이 녀석. 드디어 솔직해진 느낌이네."

"어? 그 말은…… 네코마 선배는 세이 님의 상태를 눈치채고 있었어요?"

"그야, 데뷔 때부터 꽤 오래 알고 지냈으니까. 자세한 사정은 몰랐지만, 생각 외로 섬세하겠구나~ 하고 생각하고 있었어. 그래서 네코마에겐 세이는 세이고, 세이 님은 별로 딱 감이 안 온단 말이지."

"아아, 그래서 시온 선배는 세이 님이라고 하는데 네코마 선배는 그냥 세이라고 부르는 거군요."

"오히려 시온은 너무 둔감해. 대체 얼마나 솔직한 건가 싶지. 물론 그게 시온의 좋은 점이지만."

네코마 선배도 두 사람을 신경 쓰고 있다는 걸 이야기를 들어보면 잘 알 수 있었다. 역시 똥망겜 방송 뒤에 들은 이야기는 거짓말이 아니었어.

지금이라면 그때 들은 『이번엔 우리가 주역이 아냐』라는 말을 이해할 수 있다. 이번 일은 어디까지나, 세이 님과 시온 선배 두 사람이 주역인 이야기여야 한다.

그건 그렇고, 세이 님과 네코마 선배는 타입은 다르지만 자유분방한 이미지였는데, 아마 네코마 선배가 훨씬 더 요령이 좋은 거겠지. 한 걸음 물러선 곳에서 개구쟁이 두 사람을 지켜보는 어른의 여유가 느껴진다. 뜻밖에 보호자 입장인 건 시온 선배가 아니라 네코마 선배였을지도 모르겠어.

그렇기에, 이번 사건을 정리한 감상은…….

"난처한 사람이네요, 세이 님은."

"정말 그렇다니깐!"

지금까지의 경위를 돌이켜보고, 나랑 네코마 선배는 잠시 웃음을 나누었다──.

이후 두 사람이 어떤 이야기를 할지는 알 수 없지만…… 분명, 분명 그건 커다란 의미가 있을 것이다. 우리는 그걸 확신하고 있었다.

세이 님, 마지막 정도에는 멋진 모습을 보여주세요!

제3장

시온

방을 뛰쳐나온 카미나리 시온을 급하게 따라 나온 우츠키 세이였지만, 라이브온의 사무소는 술래잡기가 될 정도로 넓지 않다. 세이가 그 등을 따라잡았을 때, 시온은 비상계단의 계단참에서 고개를 숙이고 구석에서 몸을 웅크리고 있었다.

다행히 주변에 다른 사람은 안 보였다. 등 뒤에 세이가 있는 것을 눈치 챘으면서 오기로라도 돌아보지 않는다. 그렇지만 그녀의 등은 도망치려고 하지도 않았다.

세이는 뭐라고 말을 걸어야 좋을지 몰라서 한순간 당황했지만, 여기서 물러나면 그야말로 시온, 그리고 협력해준 모두에게 최대의 실례가 된다고 생각하여 각오를 굳혔다.

“저기…… 미안, 뭐라고 말하면 좋을지 모르겠지만…… 일단은 미안.”

“……모르겠어.”

모르겠어. 그것은 시온이 마음에 뒤섞여 있는 감정을 어떻게든 말로 표현한 것이었다.

“나는…… 세이 님을, 소중한 존재라고 생각했어. 아니,

지금도 그렇게 생각해. 네코마도 그래, 나에게 동기는 친구고, 그것도 인생의 역경을 함께 걸어온 특별한 존재, 전우라고 생각했어. 하지만…… 세이 님은 달랐어?"

"시온 군……."

"나뿐이었어? 나, 세이 님을, 정말로, 정말로…………. 아하하, 하지만, 결국 그건 내가 우쭐거린 착각이고, 세이 님은 나를 그냥 동업자 정도로 생각했던 걸까?"

"아냐, 그건 아니야!"

"아니지 않잖아!! 아니었다면 어째서 아무 말도 안 해줬어?! ……미안, 큰소리 내서. 지금 나 엄청 귀찮지. 정말로 미안. 멋대로 기대하고 멋대로 상처 입고……."

"진정해. 시온 군. 아니야. 정말로 아니야!"

"하지만…… 이제 됐어. 분명히 언젠가는 오늘 일도 웃을 수 있는 날이 와버릴 거야. 상처는 언젠가 치유되는걸. 그러니까 괜찮아, 괜찮아."

"부탁이야. 한 번 이야기를 들……어?"

비장감마저 떠도는 그 작은 등에 견디지 못하게 되어, 어떻게든 이야기를 듣게 하려고 억지로 자기 쪽으로 시온의 몸을 돌리는 세이. 그러나 말을 하려고 한 행동이었을 텐데, 세이는 반대로 말을 잃었다.

시온은 평소와 다름없는 온화한 미소를 짓고 있지만——그녀의 볼에는 눈물이 흐르고 있었다.

그 모습이 너무나도, 너무나도 안타까워서── 세이는 자기 행동이 얼마나 시온을 깊게 상처 입히고 말았는지, 그 중대함을 드디어 이해했다.

"정말로 이상하지…… 바보네…… 정말로 제멋대로고, 이 슬픔도 한때라는 걸 경험으로 알고 있을 텐데……."

상처는 분명히 아무는 것. 그러나 너무나도 큰 상처는 완전히 본래대로 회복되지 않는다.

"어째서 이런 걸로 울고 마는 걸까? 어째서 이렇게 괴로운 걸까? 착각녀의 우스운 모습이라는 건 알고 있는데─ 어째서 이렇게 눈물이 흐르는 걸까? 아하하, 눈물샘까지 바보가 되어 버린 걸까?"

"미안해, 정말로 미안!"

그저 강하게, 세이는 시온을 끌어안았다. 생각보다 몸이 먼저 움직였다.

그래도 넘치고, 넘치고, 계속 넘쳐서, 계속해서 기세가 늘어나 계속 흘러 넘치는 슬픔의 유혈.

흐르는 눈물방울 하나하나가, 그 모두가 세이에 대한 시온의 마음으로 구성되어 있었다──.

결국 시온의 눈물이 멎을 때까지, 세이는 그녀를 품에 끌어안고 있었다.

그 시간은 두 사람에게 길게도 느껴지지만, 동시에 한순간 같기도 했다.

"미안, 이제 괜찮아."

"응."

"……저기이~ ……이제 괜찮아요."

"응."

"응, 이 아니고 세이 님. 있지, 이제 괜찮다니까. 슬슬 놔줘도 괜찮다고~."

"응."

"아니, 응이라고 하면서 힘이 더 세지잖아! 이제 괜찮으니까 놔줘!"

"싫어."

"어째서어……."

울어 버린 것이 부끄러워서 버둥거리는 시온을 오기로라도 세이는 놓아주지 않았다.

아무리 울음을 그쳐도, 아직 문제는 아무것도 해결이 안 됐다. 세이는 모든 것을 이야기할 때까지 절대 이대로 시온을 놓지 않기로 정했다.

"……하아, 알았어."

시온도 어쩐지 그것을 짐작하고, 불만스럽게나마 몸에서 힘을 풀었다.

"그래서…… 이 상황 어쩔 거야?"

“시온 군에게 아직 꼭 해야 할 말이 있어. 하지만 그것에서도 도망치고 있었지. 정말로 촌스러워서 미안, 하지만 결심이 섰어.”

“그래…… 응, 들을게.”

“나도 말이야…… 너에게 의지하고 싶지 않았던 게 아냐. 다만…… 못했어.”

“어째서인데?”

“그야── 좋아하게 되잖아.”

“이 녀서어어어어어억──!!”

“크후아아아아아악?!”

지금까지 들어본 적이 없는 굵직한 시온의 목소리와 함께 혼신의 차기가 세이의 아랫도리에 직격!!

“아, 아우우?! 오우! 오우! 오우우우우우?!”

“정말로 최악이야! 이렇게 중요한 때에 장난치지 마!!”

“오우! 오우! 오우! 오우!”

“이상한 소리 내지 말고 뭔가 변명을 해 봐라아아아아아아아──!!”

“　　　　　　　　　　”

시온의 메가톤 킥이 급소에 두 번째로 직격 했을 때, 세이의 눈앞이 깜깜해졌다!

몸을 지탱할 수 없게 된 세이가 끌어안은 상태였던 시온의 몸에 쓰러졌다.

"으으으응——응?!"

그때—— 거칠게 소리치던 시온의 입술을 기적적으로 세이의 입술이 상냥하게 감싸며 막았다——.

"————헉! 미, 미안해. 시온 군. 한순간 삼도천 바로 앞까지 갔었어. 그러니까 더 자세히 얘기를…… 어라라?"

"아…… 저기, 키스로 위로해주다니, 꽤 로맨틱한 짓을 하네……."

"어?"

"나, 처음이었는데…… 에헤헤, 어쩌지, 정말! 나 어떡하면 좋을지 모르게 됐잖아!"

"…………아아, 그렇군."

세이의 의식이 돌아왔을 때는 이미 입술이 서로 떨어져 있어서 처음엔 너 무슨 소리를 하니 상태였지만, 눈앞에 있는 시온의 얼굴과 그 반응을 보고 어쩐지 무슨 일이 일어났는지 짐작이 됐다.

그와 동시에 시온의 처음을 빼앗은 감촉을 맛보지 못한 것에 신을 원망했지만, 그것을 언급하면 이번에야말로 삼도천을 전력 크롤링으로 건너게 될 거란 확신이 들었다.

'시온 군, 너의 퍼스트 키스는 아랫도리를 차여 의식이 날아간 전직 레즈 전문 sexy 여배우 VTuber의 것이 되어버렸어. 정말로 미안해. 이래서는 로맨틱이 아니라 고간킥이야.'

마음속에서 엎드려 사죄하고, 세이는 그 이상 언급을 피했다.

다행히도 시온의 분노는 일단 사라졌으니, 오히려 기회는 지금밖에 없다. 세이는 기합을 넣고 도망치지 못하게 시온의 어깨를 잡고, 그녀의 눈을 똑바로 보았다.

"시온 군."

"녜엣!"

"방금 한 이야기 말인데. 그거, 농담이 아니라 진짜야."

"방금 이야기?"

"좋아하게 된다는 거."

"아, 아아 그거. 그렇게 말을 했었지! 아니, 어째서 그게 우리한테 의지하지 못하는 이유가 되는데?!"

"저기…… 그게……."

다시 말문이 막혀버리는 세이. 시온의 이 반응은 세이에게 예상 밖이었다.

"그게, 내가 하는 말의 의미를 이해하고 있어? 이 좋아한다는 건, 그거야. 연애적인 거. 그게, 나는 연애대상이 여자애로 쭉 기울어 있으니까."

"그거야 데뷔 직후부터 알고 있어! 그러니까, 어째서 그게 이번 건으로 이어지는 건지 설명을 하라는 거야!"

"어어어……."

이제는 당혹까지 느끼기 시작한 세이.

이해가 안 된다. 그저 이해가 안 된다.

'어째서 애는 이렇게…….'

"좋아한다면 의지하면 되잖아! 좋아하는 거면 같이 있고 싶잖아? 그럼 멀어지면 안 되잖아!"

'이렇게도…… 동성의 호의를 자연스럽게 받아들이는 거지?!'

"잠깐 기다려! 머리가 잘 안 돌아가니까 한 번 정보를 정리하게 해줘."

"응? 아아, 그렇게 해."

지금까지 살아온 일반론이 지금의 상황과 너무나도 일치하지 않아서 두통마저 느끼기 시작했다. 세이는 한 번 이야기를 분해하여, 하나씩 확인하기로 했다.

"우선 전제인데, 내가 이번 일로 묘하게 어색했던 것은 크게 나누어 두 가지 이유가 있어. 하나는 순수하게 민폐를 끼치고 싶지 않아서, 아까 모두에게 설명한 것처럼 주위에 대한 영향을 염려해서, 애당초 내 약한 모습을 남에게 보이는 걸 좋아하지 않으니까. 그리고 두 번째가 지금 말한, 이 이상 너와 거리가 가까워지면 본격적으로 연애감정을 품게 되어 버릴 것 같으니까…… 아~ 정말, 어쩐지 내가 설명하니까 창피한걸. 하지만 그러니까 그런 거란 말이야."

"응. 나도 그건 알겠어. 그래서?"

"그래서라니……."

천연덕스러운 표정으로 되묻는 시온에게 당혹을 넘어 놀라움을 감추지 못하는 세이.

"너, 정말로 내 이야기를 이해했니? 나는 너에게 반해버릴 것 같다고 하는 거야."

"오오우…… 에헤헤, 그렇게 여러 번 호의를 말로 표현하니까 쑥스럽네!"

"……꿈이라도 꾸고 있는 건가? 시험 삼아서 유두라도 꼬집어볼까. ……응. 살짝 아파서 기분 좋군."

"자, 잠깐 뭐 하는 거야?!"

"아아, 미안. 조금 이게 현실인지 확인하고 싶어서."

"그러면 평범하게 볼을 꼬집어야지?! 좋아하게 되어 버린다고 하면서 유두를 꼬집는 여자가 눈앞에 있는 건 일종의 공포야!"

"그래, 그거야!"

시온의 태클 속에 자기가 하고 싶었던 말이 들려서, 반사적인 속도로 세이는 지적했다.

"내 발언을 듣고서, 무섭거나 싫거나 하지는 않나?"

"어, 유두를 꼬집는 모습을 보여준 건 무섭고 싫었어."

"아니, 유두는 제쳐두고."

"그러면, 나를 좋아하게 될 것 같다는 거? 딱히 무섭지 않아. 세이 님인걸."

세이는 아무리 머릿속에서 반복해봐도, 그 어조에서 네거티브한 감정을 느낄 수 없었다.

"처음에는 농담하는 건가 싶어서 화났지만, 진심으로 말하는 것 같으니까. 방금은 키, 키스도 했으니까! 에헤헤!"

황홀한 표정으로 양손을 볼에 대고 꼬물꼬물 몸을 트는 시온의 모습을 보고, 세이는 질문의 대답을 얻었는데도 더욱이 지금 이 순간이 현실인지 의심해 버렸다.

"그 반응은 뭐니…… 그러면 마치…… 기뻐하는 것 같잖아."

"응? 그야 세이가 좋아한다고 하면 기쁘지! 미움받은 건가 싶은 게 이번 일에서 화난 부분도 있고!"

"―――그건, 너도 나를 좋아한다는 거니? 우리 둘 다 여자인데."

"어?"

더 이상 참을 수가 없어서, 계속 자기 등 뒤에 서성대던 대답에 대한 공포심마저 극복하고, 직접 물음을 던지는 세이.

"""…………………………."""

잠시 서로 말없이 바라보는 시간이 이어졌다.

세이에게는 숨이 막히는 시간이라 표정도 긴박해졌다. 한편 시온은 ?를 얼굴에 그대로 적은 것처럼 알기 쉽게 신기하단 표정으로 정지한 다음――.

"우리 둘 다 여자잖아?!?!"

별안간 터무니없는 대발견을 한 과학자 같은 표정으로

외쳤다.

“설마—— 그걸 눈치 못 채고 있었니?!”

“응, 지금 깨달았어…….”

“제일 중요한 거 아니니?!”

“그, 그치만! 나날이 라이브온의 엉망진창인 녀석들에게 시달리다 보니까, 여자들끼리 정도로는 안 놀라게 되잖아!”

“뭐, 분명히 접촉한 동성 라이버에게 차례차례 연애를 넘어 성교를 제안하는 여자나, 모든 라이버의 마마가 되려는 여자도 있지만 말이야!”

“아, 아와유키 쨩이면 몰라도, 나는 이상하지 않아아!”

“네가 이상하지 않은 세상이었다면 편의점 같은 밀도로 보육원이 생겼을 거야. 연령 제한 없음, 누구든지 웰컴 베이베~겠지.”

“윽. 눈치 못 챈 사이에 라이브온이란 환경에 이렇게까지 침식됐다니…….”

사람의 윤리관이나 상식 따위가 자란 환경이나 시대에 따라 전혀 다른 것처럼, 사람이 따르는 규칙은 어디까지나 사람이 만든 것. 터무니없는 크레이지가 모이는 라이브온에서는, 이미 세간과 분리된 개성의 유토피아가 형성되어 있었다.

‘아니아니, 그래도 너무 순응하고 있잖아…….’

시온의 라이브온 적성이 너무 높은 걸 보고, 자신은 라이브온의 멤버들과 비교하면 비교적 상식인으로 분류되는 게 아닐까 의심하기 시작하는 지경의 세이였다.

"하지만, 그렇구나. 여자애들끼리…… 창작물이라면 몰라도, 일반적으론 아직 보기 드물지."

"하아, 드디어 이해해 줬구나?"

세이는 다시 한번 한숨을 쉬고, 엇나간 이야기를 되돌렸다. 그 한숨이 나온 것은 시온에 대해서인지, 라이브온에 대해서인지, 혹은 한순간 뇌리를 스쳐버린 어쩌면이라는 기대 탓인지――.

"그렇게 된 거야. 이제 이해를 해줬지? 지금은 LGBT 해방 운동 같은 것도 퍼지고 있지만, 막상 자기가 동성에게 호의를 받게 되는 당사자가 되었을 때, 당황하는 사람이 대부분이야. 나는 지금까지 살아온 경험으로 그걸 잘 알고 있어."

"그렇구나, 여자애들끼리…… 아와와와와…… 그럼 나는 여자애를…… 아한다고……."

고개를 숙이고 중얼중얼 혼잣말을 중얼거리는 시온을 가만두고서, 세이는 독백을 계속했다.

"옛날의 나는 내가 아닌 타인에게 배타적인 인간이었어. 그다지 주변 사람들과 연관되는 걸 좋아하지 않았지. 하지만 라이브온에 들어온 뒤로…… 억지로 파고 들어온 네 영향도 있어서 남들과 커뮤니케이션이 늘었어. 나를 받아 들여주는 환경에서, 솔직히 즐거웠지. 하지만…… 역시 나는 글러먹은 모양이야. 모두와 함께 활동하는 가운데 우정 이상의 감정을, 특히 연관이 깊었던 너에 대해서 느껴버리는 자신을 깨닫기 시작하고 있었지."

"오오우…… 우햐——아!"

"이제 이 이상은 안 좋을 것 같아. 이번 일, 내가 너의 도움을 먼저 받아들이게 되면…… 역시 너를 좋아하게 됐을 거라고 생각해. 이번에 나의 대응이 안 좋았던 건 다시 말해서 그런 사정이 있었던 거야."

"후오~! 후오~!"

"그러니까…… 저기, 시온 군? 얘기 듣고 있니?"

이야기를 듣는 도중에, 시온이 고개를 숙인 채 몸을 안절부절 움직이면서 진정을 못 하는 기색으로, 가끔 못 견디는 것처럼 기성 같은 소리까지 작게 흘리고 있었다. 세이는 어쩐지 지금 이야기에 미스매치인 반응이라고 생각하여 고개를 갸웃거렸다.

"……응, 그래, 그렇지. 그러니까, 어? 앗, 미안! 별로 안 들었어!"

"뭐어엇?!"

오늘은 정말 놀라움의 연속이었지만 세이는 이것에 가장 경악하여 소리를 냈다.

"그게, 뭐였지?"

"……윽! 이제 됐어!"

세이는 강한 어조로 내뱉고서 고개를 돌렸다. 물론 이 행동에는 진지한 이야기를 들어주지 않은 것에 대한 노여움도 포함되어 있었다.

그러나—— 시온은 시온대로 이때, 세이의 목소리가 귀에 들어오지 않을 만큼 아주 중요한 대화를, 다름 아닌 자기 자신과 하고서 대답을 이끌어내고 있었다——.

"결론만 말하면, 이제부터는 일정한 거리를 두고 활동하고 싶다는 거다!"

"어……."

"너만 그런 게 아냐. 앞으로 같은 일이 일어나지 않도록, 다른 라이버하고도 앞으로는 너무 가까워지지 않도록 하면서 활동을 할 생각이야. 나는 팬을 위해서도 우츠키 세이라는 라이버를 지켜야 하니까. 내 사정으로 라이브온에서 입장이 위태로워지게 할 수는 없어."

"아, 잠깐만."

"사실은 이런 말 누구에게도 하고 싶지 않았어. 이런 나라도 누군가에게 미움받고 싶지는 않아. 너에게는 특히. 하지만 말을 안 하면 네가 상처를 입게 되지. 그러니까 용기를 내서 말한 거야. 이 용기를 존중해서, 내가 싫어지더라도, 앞으로도 하다못해 불화설로 소란이 생기지 않을 정도로는 우츠키 세이와 함께 활동해주면 좋겠어."

"아…… 그런……."

이야기를 마무리 지으려는 세이에게 노골적으로 당황하는 시온. 자기자신과 대화해서 자신의 마음을 깨달은 시온. 그런데, 이대로 이야기를 끝내는 것은 절대로 싫었다.

"그, 그래! 나도 세이 님을 좋아해!"

"응? 아하하, 고마워. 그러면 앞으로도 노골적으로 피하지는 않아 준다면 정말 고마울 거야."

"아니 그게, 그게 아니고 저기…… 아까 좋아하게 되어버린다고 했을 때, 여자들끼리라고 인식한 다음에도 전혀 싫지 않았다고 할까, 오히려 기뻐서 말이지!"

"어, 어어? 아아, 인사치레는 안 해도 돼. 그렇게 배려해 주지 않아도 괜찮아."

"이, 이이이인사치레가 아니고 말이지! 그, 그리고 키스했을 때! 솔직히 엄청 두근거렸어! 혐오감 같은 게 전혀 없어서, 너무 두근거려서 심장이 멎는 줄 알았다고 할까, 입술이 메말라 있거나 그러지 않았나 걱정이 되었다고 할까, 오히려 너무 기뻐서 그것 말고는 아무것도 생각할 수가 없었다고 할까!!"

"시, 시온 군? 너, 자기가 무슨 말을 하고 있는지 이해하고 있니? 그리고, 감촉은 알 수 없었으니까 문제없── 아니 아무것도 아냐."

"알고 있어! 알고는 있는데 말을 해야 하는 거야! 그, 그리고 얼굴도 좋아! 솔직히 처음에 말 걸었던 건 얼굴이 좋았기 때문이기도 하니까! 그리고 언제나 콜라보 때 차가운 대응을 하고 있지만, 사실은 세이 님의 섹드립 꽤 좋아해! 방송 안 할 때 보면 자주 엄청 웃고 있어!"

"아…… 그, 그래. 고마워?"

"그러니까!"

"윽?!"

본래는 구석에서 풀이 죽어 있던 시온을 세이가 위로하고 있었다. 그런데 어느샌가 시온이 뿜어내는 의문의 압력에 밀린 세이가 반대쪽 구석까지 몰려서, 그것을 절대로 놓치지 않겠다는 것처럼 좌우 양쪽에서 벽에 쿵하는 시온이란 정반대의 시추에이션이 생겼다.

이렇게 그림에 그린 것처럼 육식계 행동을 하는 시온이지만, 놀랍게도 이것은 완전히 사고를 포기하고 그저 감정에 몸을 맡긴 것이었다. 자신이 뭘 하고 있는지, 누가 보면 자신들이 어떤 상황으로 보일지 파악하지 못했다. 눈이 계속 핑핑 돌고 있는 상태였다.

모든 것은 **무척 좋아하는** 세이를 위해서다. 아무리 창피하고 아무리 말을 잘 못해도, 여기서 마음을 똑바로 말로 표현하지 않으면 그것이 세이를 상처 입히고 커다란 트라우마까지 남겨버린다. 그렇게 생각하여, 이번에는 시온이 각오를 굳혔다.

“세이 님, 날 좋아하는 거지?! 그러면 왜 처음부터 포기하듯 말하는 거야!”

“아니…… 좋아한다고 할지, 좋아하게 되어 버릴 것 같다는…….”

“좋아하게 될 것 같으면 좋아하는 거야! 이미 늦었어! 좋아한다면 나를 꼬셔 보라고!”

“으으응?! 꼬셔도 되는 거니?! 싫지 않아?!”

“누가 싫다고 했어! 오히려 엄청 기뻤어!”

“엇…… 아니아니, 그래도.”

“그래도, 가 아냐! 뭔데?! 이렇게까지 말했는데 뺄 거야?! 그러면 전혀 나를 좋아하는 게 아니지 않아?!”

“뭣?! 좋아하니까 이렇게 고민하는 거 아니야!!”

“그러면 사귈래?! 나랑 사귈 수 있어?!”

“그래, 사귀고말고!! 서로 좋아한다면 당연히 사귀어야지!!”

“그럼 지금부터 연인이네!! 이제부터 각오해둬!!”

“배짱이 좋은걸!! 이제부터 뼛속까지 빨아먹을 테니까 각오……해…….”

…………………….

““우아아아아아아아아아아아아앗———?!?!””

세이도 열이 오른 시온에게 감화되어 이번에야말로 세상의 시선도 과거도 관계없이, 오로지 자기 본심을 마구 쏟아냈다.

그리고 서로에게 자기 마음을 전하고, 뇌도 열도 식었을 때. 두 사람은 나란히 자기들의 대화를 돌이켜보고, 마치 청춘영화처럼 너무나 풋풋하다던 것에 사이좋게 몸부림치기 시작했다——.

"저기, 그게…… 미안해."

"왜 사과하는 거지, 시온 군? 굳이 따져보면 사과는 내가 해야 되잖아?"

"아니, 그게, 아하하, 나도 모르겠어."

수치의 감정이 어느 정도 잦아들었을 무렵. 아직도 뭐라 형용하기 어려운 열이 얼굴을 태우면서도, 두 사람은 어깨를 마주 대고 계단에 앉아서, 다시 한번 냉정하게 대화를 나누고 있었다.

"저기, 시온 군. 우리들, 사, 사귀게 됐잖아?"

"그, 그렇네!"

"그러니까 시온 군은…… 여자애를 좋아했었어?"

"으응? 아…… 어땠을까? 나잇값도 못하는 것 같지만, 지금까지 연애감정에 둔했으니까. 뭐, 그래도——."

시온은 한 번 말을 끊고서, 쑥스러워서 계속 피하고 있던 눈길을 세이 님에게 딱 맞추고, 말을 이었다.

그 말은 시온이 세이에게 가장 전하고 싶었던 심정이었

지만 어쩐지 추상적이고, 냉정해진 지금이 되어서야 드디어 형태가 된 것이었다.

"좋아하니까 좋아하는 거야. 그것 말고 이유는 필요 없잖아?"

세이는 숨을 삼켰다——.

"딱히 이건 연애로 좋아한다는 것만 얘기하는 게 아니고, V를 좋아하거나, 책을 좋아하게 되거나, 아니면 아무도 이해 못 하는 걸 좋아하게 되는 사람도 있어. 하지만, 누군가 부정해도 자기가 좋아하는 거라면 그게 전부잖아. 법률에 위반되거나 어디에 민폐가 되는 것도 아니라면 누구에게 불평을 들을 이유 같은 건 없어."

'————————아아.'

그리고 쌓여 있던 숨을 몸의 힘과 함께 천천히 내뱉고.

'분명히 나는 그 정신을 너에게서 느꼈으니까, 이렇게 끌린 거겠지.'

세이는 그대로 쓰러지듯 시온을 끌어안았다.

"오오오오오오오우왜왜왜왜그래애?!"

"아니, 역시 네 말처럼, 나는 너를『좋아하게 될 것 같다』가 아니라『좋아한다』구나 싶어서. 싫어?"

"시, 시시싫을 리가 없잖아! 깜짝 놀랐을 뿐이야!"

얼굴이 새빨개져서 당황하는 모습을 보고, 세이는 모두의 마마를 자칭하는 자가 그래도 되는 거냐며 웃었다. 그리고 이것이 수익화가 박탈된 뒤 처음으로 자연스럽게 웃고 있는 자신이라는 것에 놀랐다.

'아무래도 나 자신이 생각한 것 이상으로, 이번 일로 궁지에 몰려 있었던 모양이야. 최근 방송은 스스로도 그다지 납득이 안 되는 것들이었고, 이제부터 만회를 해야겠어.'

"아."

그러나, 이제부터란 워드가 세이의 머리에 떠올랐을 때, 얄궂게도 이것이 또 새로운 문제의 씨앗이라는 걸 깨달아 버렸다.

"응? 왜 그래?"

"아니, 이제부터 방송을 어떻게 할까 싶어서. 우리들 관계는 공개할 거야?"

"그야 해야지. 앗, 혹시 비판 같은 거 신경 쓰여? 우리들은 이미 라이브온 안에서 정석 커플이잖아."

"그야 그렇지만, 그게…… 나는 우츠키 세이라는 캐릭터니까 말이야. 여기서 전부 다 드러내면, 우츠키 세이란 캐릭터상과 어긋나지 않을까?"

"그렇지 않아."

세이가 자기 결단이 이걸로 괜찮았을까 또다시 의문을 느끼기 시작했을 때, 다가오는 검은 그림자를 시온이 다시 부정해서 떨쳐내 버렸다.

"당신은 우츠키 세이라는 『캐릭터』인 동시에, 우츠키 세이라는 『인간』이기도 하잖아? 우리들은 전자의 몸을 가지면서도 『살아』 있어. 그리고 그것이 VTuber만이 가진 매력 중 하나잖아. 시간과 함께 변화하고, 성장하고, 때로는 실수도 해. 하지만 그것에 생명을 느끼니까 시청자 모두가 응원해주는 거야. 그러니까!"

시온은 힘차게 일어섰다.

"우츠키 세이를 연기하는 게 아니라, 우츠키 세이로 살자!"

그리고 세이를 향해 손을 내밀었다.

"애당초! 나는 라이브온에 안정도 견실도 버리고, 그저 내 길을 걷기 위해 들어왔어! 그러니까, 따라와줘!"

"————."

비겁하다고 세이는 생각했다. 그런 얼굴로 그런 말을 하면 거절할 수가 없다.

아니, 이제 거절할 이유도 없다. 세이 안에서 산산이 흩어져 있던 마음이란 이름의 퍼즐을, 시온이 완벽하게 맞추었다.

망설임도 없다. 두려움도 없다. 이제는 그저 나아갈 뿐이다.

"——그래! 나도 너와, 그리고 모두와 살고 싶어!"

지금까지는 언뜻 이어진 것 같았지만 당장이라도 풀려버릴 정도로 일그러진 형태였던 두 사람의 손이, 이번에야말로 단단히, 힘차게, 굳게 이어졌다——.

어~ 여기는 아와유키, 여기는 아와유키. 지금 막 살의에 오들오들 떨고 있는 상황입니다.

그게 말이야. 시온 선배랑 세이 님이 방에서 나간 다음에, 더 이상 방해하면 안 된다고 생각해서 나랑 네코마 선배는 돌아갔단 말이죠.

그 다음에 저는 어쩐지 가슴이 두근거리면서, 어떻게 될까? 세이 님, 설마 싶지만 그 상황에서도 섹드립을 연발해서 고간을 차여 죽지 않을까? 하면서 나름대로 걱정을 했단 말이죠.

그랬더니? 그날 밤에 어쩐지 둘이서 방송을 한다고 카탓타에서 그러잖아요?

급하게 방송으로 달려갔거든요? 수익화가 돌아올 것 같다는 보고랑, 무슨 일이 있었는지를 세이 님의 내심도 포함해서 다 설명을 한 다음에 말이죠? 다음 순간에 갑자기 둘이서 꽁냥꽁냥대면서 염장을 지르고 있는데 이거 뭔가요? 어, 왜 커플이 성립되어 있는 건가요뭔가요가요가요뭔가가뭔가요?

어라, 이거 진짜야? 어째서 세이 님이 시온 선배를 꼬신 거지? 어, 완전히 설마 했던 사태라 머리가 이해를 못하고 있는데요요요요YO?

『아, 그렇게 됐으니 제군. 세이 님의 알맹이를 알고서 한심한 녀석이라고 생각하거나, 상상과 달랐다고 생각하는 사람도 있을지 모른다. 하지만, 이게 나니까, 섹드립과 여자애를 좋아하는 나만이 내가 아냐. 이런 나도 있다는 걸 생각하면 어쩐지 뭉클하지 않니? 응, 『시온』?』

『에헤헤, 역시 인간다움은 중요하니까! 나도 『세이』가 내 아이 겸 연인이 됐지만, 앞으로 더욱 라이브온을 띄워갈 거니까 힘낼 거야!』

『『아하하하하하하하하하!!!!』』

""""ZZAAAAAAAGNAAAAAAA!!!!""""

통화 연결을 해둔 하레루 선배, 네코마 선배와 함께 무심코 크게 외치고, 마찬가지로 채팅창도 따스한 매도에 물들었다.

——그리고 그걸 본 세이 님과 시온 선배의 미소는, 라이브온이 소속된 라이버를 표현할 때 쓰는 『빛나는 소녀』 그 자체였다.

에필로그  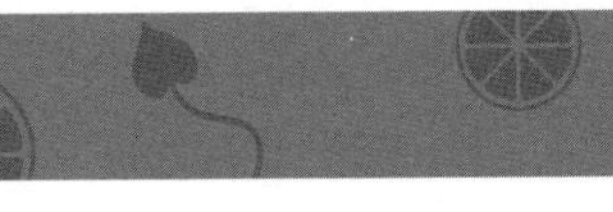

"앗, 여보세요~."

"오! 아와유키 쨩, 왔다!"

"야호~ 아와 쨩. 기다렸어~."

어느 비방 날, 히카리 쨩과 마시롱이 먼저 참가해 있는 통화 그룹에 들어갔다. 아직 예정된 집합 시간 전이지만, 둘 다 한가했는지 일찍 모여서 잡담을 하며 시간을 때우고 있었나 보다. 3기생 사이에서는 흔히 있는 일이다.

"이제는 챠미 쨩만 오면 될까요?"

"그렇네. 늦는다는 연락 같은 거 없었으니까 금방 올 것 같은데."

"여, 여보세요~?"

"옷! 챠미 쨩도 왔다! 마치 노린 것 같은 타이밍에 마지막 피스 등장이야! 멋진걸!"

히카리 쨩 말처럼, 마치 우리들 대화가 들린 게 아닐까 생각이 들 정도로 완벽한 챠미 쨩의 합류였다.

"우후후. 사실 히카리 쨩이랑 마시로 쨩이 통화를 시작한 직후부터 눈치는 챘어."

"어라, 그랬었나요? 그러면 합류했으면 됐잖아요? 바빴나요?"

“아니, 내가 들어가서 두 사람 대화가 중단되면 미안하니까 못 들어갔어. 아와유키 쨩이 들어가기에 지금이다! 하고 생각해서 급하게 나도 들어왔어.”

“정말로 타이밍 노리고 있었냐! 정말. 챠미 쨩은 아무리 지나도 겁이 많아요. 우리들은 동기잖아요? 대체 얼마나 오래 알고 지냈다고 생각하나요!”

내가 말하자, 챠미 쨩도 포함한 모두가 일제히 웃었다.

이건 물론 챠미 쨩의 행동이 재미있기도 했지만, 사실은 또 하나의 요인이 있다.

태클을 건 나 자신도 그걸 깨닫고 웃음 속으로 빨려 들어갔다.

“후훗, 『오래 알고 지냈다』구나. 역시 아와 쨩, 이 자리에 가장 걸맞은 태클이야.”

“아와유키 쨩, 태클의 실력이 오른 거 아니야? 무심코 태클을 받은 나도 웃어 버렸어.”

“아니, 무의식이에요, 무의식! 아~ 그래도, 무의식적으로 이런 태클이 나왔다면 더더욱 이 자리에 걸맞은 완벽한 태클이었을지도 모르겠네요…….”

“아하하! 아와유키 쨩이 무드를 만들어줬으니까! 이제 시작해볼까?”

그렇게 말한 히카리 쨩은 모두가 동의한 걸 확인하더니, 한 번 숨을 들이쉬고 모두를 대표하여 이번 의제를 읽었다.

“그러면 이제부터 『3기생 데뷔 1주년 기념으로 뭘 할까 회의』를 시작합니다!!”

■ 작가 후기

『VTuber인데 방송 끄는 걸 깜빡했더니 전설이 되어 있었다』, 줄여서 『V전설』 4권을 집어주셔서 감사합니다. 작가인 나나토 나나입니다.

어쩐지 세이가 주축이 된 탓에 역대 최고로 섹드립이 많아져 버렸단 의혹이 있는 4권입니다만, 재미있으셨나요? 참고로, 커버 일러스트는 본편이 끝난 뒤의 방송에서 슈와에게 취조를 받고 있는 세이입니다.

이번에 눈에 띄는 점은 역시 백합 요소일까요? 지금까지는 코미디를 중심으로, 백합은 스파이스 정도로 넣어두었습니다만, 이번 4권은 꽤 듬뿍 백합백합하고 있습니다. 그런 의미에서 시리즈 속에서도 이색적인 내용일지도 모릅니다.

그밖에 눈에 띄는 점으로는 2기생의 활약도 있군요. 4권은 세이가 주축이 되고 있습니다만, 정확하게 말하면 세이의 이야기라기보다 2기생의 이야기를 테마로 썼습니다.

라이브온 여명기를 살아온 그녀들을, 앞으로도 부디 응원해 주세요.

또, 사실 이번 4권은 web 연재본과 비교해서 가필 수정을 한 것 외에도 주로 종반에 제법 커다랗게 내용이 변경되었습니다. 서적판이 읽기 쉽게 되어 있어서 저는 꽤 좋아합니다만, 어느 쪽이든 V전설입니다.

더욱이 말씀 드리면, 템포를 맞추기 위해서 수익화 부활까지의 내용을 하레루의 만능성에 맡긴 부분이 있으니 그 해결을 주축으로 한 제3의 이야기 같은 것도 써보고 싶어집니다.

자, 속간인 5권은 3기생의 이야기가 됩니다. 에필로그에도 있었던 것처럼 1주년이 다가온 그녀들. 여전히 떠들썩한 이야기로 여러분에게 미소를 전할 수 있으면 좋겠습니다.

마지막으로, 이번 4권을 채색해주신 관계자 여러분, 그리고 응원해주시는 독자님에게 진심으로 감사하며, 후기를 마무리 짓고 싶습니다.

4권도 정말 감사합니다! 5권에서 또 만나요.

앗, 카스텔라 답변 파트에서 나왔던 S○GA 이야기는 거의 실화입니다.

■ 역자 후기

안녕하세요? 불초 역자입니다.

지난 3권 후기에서도 언급했습니다만, 마침 역자는 4 리메이크를 하고 있습니다. 아마 작가님도 리메이크 소식을 듣고서 넣지 않았을까 싶은데 시기가 우연히 정확하게 맞아 들었어요.

그래요. 레헤네라 땅의 백옥 같은 피부가 매력적이라는 건 인정합니다. 그리고 아이언 메이든이 레헤네라 땅이 **변신**한 모습이 되기도 했죠. 솔직히 레헤네라파와 아이언 메이든파는 다툴 필요가 없다고 생각합니다. 결국 둘은 한 몸이나 마찬가지이니 둘 다 공평하게 사랑해주는 게 진정한 팬의 자세라고 보거든요.

건전한 육체미를 신봉하는 사람들이 촌장파가 되는 것도 이해합니다. 다소 이해하기 어려운 부분이 있기는 합니다만, 그래도 촌장파까지는 이해해줄 수 있어요. 나름대로 매력이 있는 거겠지. 그래요.

그리고 애슐리파? 저는 이해심이 깊습니다. 이해해줄 수 있어요. 사람이 뭔가를 좋아하는데 그걸 꼭 다른 사람에게 이해시킬 필요는 없는 겁니다. 좋다는데 어쩌겠습니까? 그냥 미지근한 시선으로 지켜 봐주면 되죠.

하지만 그래도 용납할 수 없는 게 있으니.

너희들…… 노비스타ㅇ르 쨩을 잊어버린 거냐?!

수줍음을 타서 숨어 있는 모습, 그리고 나를 발견하면 기뻐하며 날아오는 모습, 그러면서도 장난치기 좋아해서 내가 가까이 오면 놀라게 하려는 천진난만함.

비록 레헤네라 땅과 같은 백옥 같은 피부를 가진 건 아니지만 대신 건강하게 그을린 갈색 피부를 가지기도 했죠.

역자는 노비스타 쨩과 춤추며 노닐 수 있는 구간에 접어들었을 때 감명 받은 나머지 이 구간 생각한 놈을 직접 만나 으슥한 밤길에서—— 이게 아니고 아무튼 직접 만나보고 싶었을 정도입니다.

독자 여러분에게도 이 감동을 전하고 싶으니까, 강력 추천할게요. 노비스타 쨩은 매력적이라니까요. 암요. 결코 나만 당할 수 없다고 생각하는 게 아닙니다.

그럼 다음 권에서 또 만나요!

VTuber인데 방송 끄는 걸 깜빡했더니 전설이 되어있었다 4

초판 1쇄 발행 2023년 9월 10일

지은이_ Nana Nanato
일러스트_ Siokazunoko
옮긴이_ 박경용

발행인_ 최원영
편집장_ 김승신
편집진행_ 권세라 · 최혁수 · 김경민 · 최정민
편집디자인_ 양우연
관리 · 영업_ 김민원

펴낸곳_ (주)디앤씨미디어
등록_ 2002년 4월 25일 제20-260호
주소_ 서울시 구로구 디지털로 26길 111 JnK디지털타워 503호
전화_ 02-333-2513(대표)
팩시밀리_ 02-333-2514
이메일_ lnovellove@naver.com
L노벨 공식 카페_ http://cafe.naver.com/lnovel11

ISBN 979-11-278-7044-7 04830
ISBN 979-11-278-6572-6 (세트)

값 8,500원